U0083707

古典詩歌研究彙刊

第十一輯

龔鵬程 主編

第 4 冊

李白詩「風」意象之研究

許家琍 著

國家圖書館出版品預行編目資料

李白詩「風」意象之研究／許家珝 著 — 初版 — 新北市：花
木蘭文化出版社，2012〔民 101〕
目 2+154 面；17×24 公分
（古典詩歌研究彙刊 第十一輯；第 4 冊）
ISBN 978-986-254-722-9（精裝）
1.（唐）李白 2. 唐詩 3. 詩評
820.91   101001256

ISBN-978-986-254-722-9

9 789862 547229

古典詩歌研究彙刊
第十一輯　第四冊   ISBN：978-986-254-722-9

李白詩「風」意象之研究

作　　　者　許家珝
主　　　編　龔鵬程
總 編 輯　杜潔祥
出　　　版　花木蘭文化出版社
發 行 所　花木蘭文化出版社
發 行 人　高小娟
聯絡地址　新北市永和區中正路五九五號七樓
　　　　　　電話：02-2923-1455／傳真：02-2923-1452
網　　　址　http://www.huamulan.tw 信箱 sut81518@gmail.com
印　　　刷　普羅文化出版廣告事業
初　　　版　2012 年 3 月
定　　　價　第十一輯 30 冊（精裝）新台幣 42,000 元

李白詩「風」意象之研究

許家琍 著

作者簡介

許家琍，1975 年出生，為台灣澎湖縣人，畢業於國立彰化師範大學國文系及國語文教學研究所。大學畢業後即返鄉服務，曾任教於澎湖縣立將澳國中，現在為國立澎湖海事職校國文科專任教師。《李白詩「風」意象之研究》為碩士學位論文，是個人第一本學術著作。

提　　要

　　李白是中國最偉大的詩人之一，其作品數量相當多，光是使用「風」意象的詩作就高達三百多首。如果說「月」代表李白追求的理想，「風」則代表李白的現實人生。在本文，將李白生平分成四個時期：思想發軔時期、追求功業時期、奉詔入京時期、欲用無路時期，了解一生梗概，透過研究李白生平我們發現，李白詩中「風」意象的運用，貫穿李白人生各時期。「風」的物性與李白「客」的人生基調十分相近。另外李白的《古風》以「風」遙想詩經的傳統，展現李白創作精神。

　　與歷代「風」意象運用情形比較起來，李白之前的「風」意象可說較為悲情，到了李白除了繼承前人的「風」意象的內涵與藝術手法，也開拓新的「風」貌，其「風」字詩的數量無人能及，在辭彙的使用上非常豐富，可說將「風」意象發揮淋漓盡致。探討李白以前「風」意象運用情形後，本文針對李白常用的「風」字詞作意象的解析。「風」意象大致脫離不了季節的暗示、時間的變化、空間的傳遞、環境的描繪，營造詩歌的時空背景。中國古典詩往往是寓情於景，情景交融。因此時空背景的設計在詩歌中佔有舉足輕重的地位，也使得「風」意象成為解詩非常重要一環。它牽扯到的不僅是作者的寫作背景，營造的時空場景常是詩人感情的投射，情與境的交互作用可說是相當複雜。另外經由李白詩中常見的風意象的解析筆者發現，隨著附加語或聯合的名詞不同，風意象所展現的樣貌有很大的差異，因為這樣的差異，李白詩的風格豐富多變，風情萬種。

　　意象放置意象群中討論，更能呈現完整面貌，透過意象組合，詩歌才有生命，因此本文又更進一步探討風的意象群，試圖找尋李白詩主題與意象群之間的關聯。「風與女性」、「風與山水」、「風與音樂」是李白詩中最為常見的意象組合，透過這些意象群，李白以之呈現「閨怨」、「行樂」、「遊仙」、「送別」、「思鄉」、「隱逸」六大主題。這些意象群不但豐富李白詩主題內涵，也造就李白之所以為李白的詩歌特色。

綜合以上對李白詩歌「風」意象的整體分析研究，我們了解到李白「風」字詩既豐富又多變，所呈現的風貌不但繼承前人，更能超越前人，也看到了李白詩中「風」意象的基調：一、盛唐之風：「風」意象作為詩歌時空背景的設計，最能展現每個時代的氛圍。李白的「風」字詩就是這種積極 樂觀文化精神的反映。二、個人才性：李白詩歌之所以飄逸瀟灑、狂放不羈正是個人才性的展現。「風」意象予人率直、明朗的感覺，亦呈現李白布衣出身及性格中的平民意識及真率不做作。三、清真主張：李白反對雕琢，提倡天真、自然美。以雅正之音、清真風格代替華麗無實的文風，透過文學作品展現「風」的創作精神。

目

次

第一章　緒　論

第一節　研究動機與文獻探討

一、研究動機

　　「意象」是詩歌不可缺少的元素，藝術形象的塑造更是文藝創作必經過程，所以我國對於文學中的「意象」很早就注意到了，南朝劉勰的《文心雕龍・神思篇》：「使玄解之宰，尋聲律而定墨；獨照之匠，窺意象而運斤，此蓋馭文之首術，謀篇之大端。」反映意象塑造的重要。司空圖《詩品》也提到：「是有眞跡，如不可知。意象欲出，造化已奇。」談及運用「意象」的效果。「意象」研究在西方的文學理論或文學批評方面爲主軸之一，更是近來學者熱於探討的對象。袁行霈先生說：「詩的意象和與之相適應的辭藻都具有個性特點，可以體現詩人的風格。一個詩人有沒有獨特的風格，在一定程度上即取決于是否建立了他個人的意象群。」可見研究一個詩人的詩風，意象是非常重要的一環。他進一步舉例說：「屈原的風格與他詩中的香草、美人，以及眾多取自神話的意象有很大的關係。李白的風格，與他詩中的大鵬、黃河、明月、劍、俠，以及許多想像、誇張的意象是分不開的。杜甫的風格，與他詩中一系列帶有沉鬱情調的意象聯繫在一起。李賀的風格，與他詩中那些光怪陸離、幽僻冷峭的意象密不可分。」

〔註1〕李白詩的風格或豪放如《蜀道難》、《胡無人》、《俠客行》、《將進酒》；或婉約如《長相思》、《玉階怨》；或莊嚴如《古風》；或平淡如《靜夜思》、《于闐採花》；或詭譎如《懷仙歌》、《來日大難》、《夢遊天姥吟留別》；或沉鬱如《奔亡道中之一》、《秋浦歌之十》；或悲壯如《戰城南》；通俗如《子夜吳歌》；或清新如《遠別離》、《關山月》、《峨眉山月歌》。風格相當多樣，絕不能光用想像、誇張來形容。筆者認爲李白詩中「風」意象之變化豐富與風格多樣有密切的關聯。

湖南岳陽樓 3 樓有一幅 8 字聯：「水天一色；風月無邊」，落款爲「長庚李白書」。根據傳說，岳陽樓 3 樓的木壁上，本來曾有三個隱約可見的字跡：「一」、「虫」、「二」。人們一直不解其義。後來李白遊岳陽樓，看出這是一副字謎對聯，「風月」二字的外框去掉，即變成「虫二」，當即寫下了這副對聯。清朝乾隆皇帝下江南，夜遊杭州湖心亭，被美景吸引，便在亭中石碑題下了「虫二」2 字，同樣是寓意「風月無邊」。正因爲「風月無邊」，所以 「風」、「月」成古人最常用的意象之一。早在《詩經》之前，即有舜作〈南風〉之辭。《禮記・樂記》謂：「昔者舜作五弦之琴，以歌〈南風〉。」；《文心雕龍・明詩》亦云：「舜造〈南風〉之詩」。《尸子》及《孔子家語・辨樂篇》俱引其辭曰：「南風之薰兮，可以解吾民之慍兮；南風之時兮，可以阜吾民之財兮。」其辭雖係後人僞託，但此說甚古，流傳亦廣。〔註2〕可說是中國詩歌源起，而此詩以歌詠南風爲題。除此，無論在《詩經》、《楚辭》、古詩、樂府處處可見「風」字詩。〔註3〕胡應麟（1551～1602）《詩藪》更云：「〈大風〉千秋氣概之祖，〈秋風〉百代情致之宗，雖詞語寂寥，而意象靡盡。」〔註4〕皆是古典詩歌運用「風」意象表達

〔註1〕 袁行霈：《中國詩歌藝術研究》（北京：北京大學出版社，1987 年，第一版），頁 66。

〔註2〕 參見王叔岷：《鐘嶸詩品箋証稿》（台北：中研院中國文哲研究所，1992 年），頁 50～51。

〔註3〕 參見本文第二章第二節。

〔註4〕 胡應麟：《詩藪》（上海：上海古籍出版社，1979 年），〈內篇〉卷三，頁 49。

情感最佳的例子。另外，全唐詩，有將近三分之一的作品在詩句當中
使用「風」字，可說數量甚多。可見「風」雖然看不見也抓不住，但
隨處可遇，隨時可感，成為詩人最喜歡引喻藉託，抒發情思的對象。
但研究「風」意象的論文卻寥寥無幾。

　　中國最偉大的浪漫主義詩人—李白，在《全唐詩》收錄的 1021
首詩裡就有 409 首詩，498 句詩句提到風〔註5〕，是李白詩歌中是最
常見的意象，歷代詩人在「風」的使用上亦無人能出其右。清劉熙載
《藝概》更強調：「幕天席地，友月交風，原是平常過活，非廣己造
大也。太白詩當以此意讀之。」〔註6〕歷年來已有許多學者研究李白
詩中的「酒」、「月」，有不少成果，卻獨獨遺漏了「風」。然而讀李白
詩而不研究李白詩中的「風」，未能理解李白詩風之曲折變化。我們
縱觀李白的一生，足跡遍及大江南北，加上豪邁放曠，狂妄不羈的性
格更讓我們容易與風的特性聯想在一起。此外風在李白詩中的大量出
現也使我們不能輕忽它的地位。然而觀察前人的研究，關於風意象之
研究非常有限，實在可惜。到底「風」在李白詩中扮演什麼樣的角色？
呈現什麼樣的風貌？如何能夠在李白詩中穿梭自如？引發本文研究
的動機。

二、文獻探討

　　近年來以意象為主題的研究非常多，研究數量的龐大更顯現意象
研究在詩歌的探討上佔有舉足輕重的地位。詩人為詩，上至天文，下
至地理，乃至於人、花、草、樹、木、蟲、魚、鳥、獸皆是感發的對
象，因此孔子談及讀《詩》的好處曾說：「《詩》可以興，可以觀，可
以群，可以怨；邇之事父，遠之事君，多識於鳥獸草木之名。」〔註7〕

〔註5〕元智大學—羅鳳珠〈網路展書讀・全唐詩撿索〉
　　　　http://cls.admin.yzu.edu.tw/QTS/home.htm，1999，4月。
〔註6〕（清）劉熙載：《藝概》（台北：漢京文化事業，1985年9月，初版），
　　　　頁58。
〔註7〕朱熹：《四書集注》（台北：台灣中華書局，1984年7月，4版），卷
　　　　九，頁3。

當然也成為我們深究詩義很重要的途徑。如：

（一）歐麗娟《杜甫詩之意象研究》（國立台灣大學中國文學研究所1990年碩士論文）：檢視歷代詩話中意象一詞的運用狀況，一方面探討意象之構成要素、構成方式、傳釋過程與評價標準，以期完整地呈現我國固有的意象概念；並徵引西方文論中對意象的分析以為比較互補。兼采主題研究（thematic study）和主題學研究（thematology）的方法，找出杜詩中持續出現的意象主題，論析其中所蘊涵詩人的情志、理念和生命狀態；再追溯杜甫之前、《詩經》以下歷代詩作裡相同主題的表現狀況，以清楚呈現意象使用的發展全貌。經由這種橫斷與縱貫面交互的雙向考察，發現杜甫對意象塑造做了深度和廣度最大的突破，扭轉了前人偏向於偶然和簡單的意象表現方式，塑立了有意而複雜的典型，確立了不少前所未有的形式創體，並經大量運用，充分展現其詩心與詩藝的完滿結合。杜甫不但以深情投入宇宙萬物，將自身放頓於對象之中，反映了一種「浮生之理」與「物理」合一的世界觀；又能培養將事物窮究到極細致之處的熟視，使杜詩之意象更形生動深刻。在傳統以詩法和風格肯定杜詩集大成之地位外，此文另從意象塑造的角度來重新加以確認。其研究方法及論文架構可以作為本論文寫作參考。

（二）林巧崴《楊守愚古典詩意象研究》（國立彰化師範大學國文學系2006年碩士論文）：敘述楊守愚的生平，並將其創作歷程分為三階段；接著透過他曾經參與的社團與聚會活動，進一步了解其交遊狀況，以求更深入探討其古典詩歌的內涵。接下來探討楊守愚古典詩中的鳥意象、鳴蟲意象、菊花意象、藉月抒志的月意象，以及「鳴蟲—風」、「鳴蟲—酒」，「菊—酒」，「月—雲」，「月—鳥」等意象群，所共同呈現出關於「理想的追尋與失落」主題的意涵。另一方面則探討楊守愚古典詩中的植物意象、酒意象、雲意象、藉月抒情的月意象、雁意象，以及「酒

一月」、「酒—花」、「月—花」、「酒—月—花」,「花—鳥」,「雲
—鳥」等意象群,所共同呈現出關於「時光流逝與人世的變幻
無常」主題的意涵。然後從意象塑造的外在形式表現與內容特
色分別著手,首先,藉由疊字、動態字詞,以及敷色摹寫,對
偶的運用,和口語入詩的手法來呈現楊守愚古典詩中描摹生
動、形式均衡,與雅俗共賞的外在形式表現。其次,歸納楊守
愚古典詩意象的經營與塑造,可得到社會變遷與遺民情結、關
懷農民與尊重女權、忌憚時局與避世思想、生活困阨與自我矛
盾的內容特色。最後針對楊守愚古典詩中意象經營的內容特
色,與同時代作家賴和與陳虛谷兩人比較,歸納出楊守愚對女
性的關懷以及因時局艱難與生活困阨所形成的矛盾情思,是其
古典詩意象經營的特殊內涵。此文不侷限於單一意象的探討,
而擴展到意象組合,也就是意象群的研究,可作為本論文的參
考。

(三)王秋香《先秦詩歌水意象研究》(國立中山大學中國語文學系
研究所 2003 年碩士論文):先界定說明論文中使用到的術語:
意象、隱喻、象徵、神話。再討論先秦詩歌泛稱水諸意象、特
稱水諸意象、水邊洲渚的用法及意旨,並探討漢魏晉南北朝的
用法、意旨及其流變。最後歸納出古典詩歌水意象之意旨從先
秦時代之質樸簡要至漢魏晉南北朝及唐朝之日趨繁多,且在用
法方面由先秦時代之大部份為賦寫景觀、地點,至漢魏晉南北
朝及唐朝巧用明喻、隱喻、象徵、神話,可看出詩人們在用法
方面的靈活、純熟。此文不限於一個時代的研究,除了先秦時
代還觸及漢魏晉南北朝及唐代,更能突顯研究主題的特色,值
得本論文參考 。

(四)林聆慈《東坡詩詞月意象研究》(國立政治大學中國文學研究
所 2003 年碩士論文):介紹東坡時代、生平及創作與思想轉
變,再以描寫月亮意象的作品背景與內涵做交叉比對,分析歸

納出思鄉懷遠、人格表徵、賞心樂事、時間意識、生涯際遇與哲理思考等內涵。並討論蘇軾詩詞作品的表現方式：意象的直接傳達、意象的間接傳達、意象的繼起傳達及月的型態與意象主題的感發關係、月與其他意象的組構、月意象「詩中有畫」的技巧運用、月意象的「反常合道」設計。最後將東坡對於傳統文化的承轉加以分析，分爲四方面：陰陽文化、神話傳說、歷史情境、文學典故。藉此歸納出東坡詩詞月意象對中國傳統文化的承轉關係。「月」與「風」同是詩人最常用的意象，此文對於「月」意象的剖析可作爲「風」意象研究的參考。

（五）王正利《杜甫詩中之意志與命運衝突研究——以意象爲核心之探討》（臺灣大學中國文學研究所 2004 年碩士論文）：以杜甫的詩篇爲素材，在前人的研究基礎上，了解杜甫詩中意志與命運的關係，對這個重要的議題作更深入的探討、分析，了解杜甫其人內在的掙扎、抉擇、痛苦與超越以及他的詩歌成就。所抉選的意象重點在發揮、凸顯杜詩中意志與命運的衝撞、激盪，藉此探討杜甫如何以高妙的詩歌藝術，經由意象的經營，表現個人意志與外在命運的抗衡、衝突、激盪。此文從意象的析去了解一個詩人的生命歷程及內心幽微的變化可作爲本文研究李白與風之間關係的參考。

（六）涂佩鈴《歷代莫愁詩歌之研究》（國立臺灣師範大學國文學系 2005 年博士論文）：論文的第七章分析莫愁詩歌的意象美學，以意象類型的區分，定位莫愁詩中意象的人文性意涵；並以語法、色彩和典故的營造方式，突顯其美感的形成；最後以「意象結構」的觀點，探討詩中「湖山」、「煙雨」、「雙槳」、「艇子」等意象，如何在莫愁往事的聯繫之下，形成「定向疊景」的結構，強化詩意的深刻性，構築自足完整的意象世界；並經由意象的並置、景物特寫鏡頭的遞次出現，和詩人呈示的經驗之間，掘發其中情感的抒發。此文以「莫愁詩歌」爲主題，研究

　　此一主題下意象之營造方式，可作爲本論文研究主題與「風」意象群組合的參考。

　　這些論文有的是以某個詩人詩歌作品的常用意象作爲探討對象；有的則針對某詩人詩歌中的某種意象進行討論；有的則針對詩人的某一創作主題討論所運用的意象。進一步我們來看前人研究李白詩跟意象相關的論文：

（一）孫鐵吾《李白詩歌中植物意象研究》（國立師範大學國文學系 1997 年碩士論文）：是從植物意象角度，來探討李白詩歌中植物意象的用法與作用，探討李白詩歌中梧桐、桂、桑、竹、楊柳、桃、李、蘭、荷的本義與象徵義，使用手法，詩歌效果以及呈現出的詩歌意境與詩歌風格。

（二）沈木生《李白詩歌月亮意象研究》（南華大學文學研究所 2001 年碩士論文）：以唐代詩人李白詩歌中月亮意象爲文本，解讀李白生命經驗，從根源處爲李白詩歌詮釋提供另一角度。首先從李白「觀物態度」與「心理距離」的理論，將月亮意象分爲物性意象、感性意象及史性意象等，探討李白詩歌的月亮意象思維時，並提出「乾坤縱其志」的意象思維、「以天合天」的意象思維及「時空錯綜」的意象思維等三種思維模式。呈現李白從觀物態度中所開展的人生態度。

（三）林梧衛《李白詩歌酒意象之研究》（玄奘人文社會學院中國語文研究所 2003 年碩士論文）：述及詩與酒的關係，並將李白詩中酒意象分類，探討酒詩的思維模式、藝術特色、修辭技巧。

（四）陳敬介《李白詩研究》（東吳大學中國文學系 2005 年博士論文）：第八章李白詩中的「萬種風情」：主要分析李白用「風」字詩，首先探索用「風」字之思想連結，以明其底蘊，分析其意象之形成及其類型，進而論述其奇幻多變之藝術手法，歸納用「風」字詩的美學特質。與本論文研究主題類似，但限於篇幅，該篇論文著重於藝術手法與美學特質的論述，本篇論文希

望能更細緻而全面探討風意象在李白詩中的作用。

另外與「風」意象研究的相關論文有：

（一）林淑英《東坡詞「風意象」研究》（國立彰化師範大學國文學系 2004 年碩士論文）以東坡的詞作中的風意象來作探討，依其題意及內心的情蘊所欲傳達的憂愁、喜樂意象，加以探討，並研究風意象的思想意涵、藝術風格。

（二）胡皓月《建安詩歌中的悲風意象》（東北師範大學 2006 年碩士學位論文）：從風的自然審美特質，風意象的產生及悲涼特質談到對建安詩歌中「悲風意象」反映時代感傷精神，進行概略式的探討。

（三）錢愛娟《論杜甫詩中的風雨意象》（陝西師範大學 2005 年碩士學位論文）：根據風雨意象的剝奪及施與兩大類型特徵，分別出杜甫憂與閒兩大感情特徵，並與杜甫生平互相參照，深入分析風雨意象的文化底蘊與心理探幽，最後就意象的組合及語言探討杜甫詩風雨意象的藝術特徵。

以上論文皆可以作爲研究李白詩歌「風意象」的參考。

第二節　研究範疇與方法及架構說明

一、研究範疇

意象（image），原意指雕刻的、鑄造的或塑的人像。文學中的意象則指作者將一個可以用一種感官以上得知的事物或知覺的經驗化作文字，具體的表現出來。意象有「固定的」和「自由的」兩種。固定意象廣泛使用之故，所含意義和聯想成爲不變，只能給所有讀者固定的意義；自由意象並不因爲上下文將其固定而使其意義與聯想效果受限制，而是可以爲不同的人代表不同的意義或價值。〔註8〕

〔註8〕參見顏元叔主編：《西洋文學辭典》（臺北：正中書局，1991 年 9 月初版），頁 386。

　　詩人可以透過視覺、聽覺、觸覺甚至是嗅覺、味覺等感官來知覺「風」的變化，而且「風」涉及自然現象、情志抒發、地域民情〔註9〕，範圍相當大，又無所不在，常因作者當下的心情而有不同的感知。在李白詩中雖有一部分是「風」字單獨出現，但大部份是伴著形容性附加語出現，屬於偏正結構，主從關係的詞組，如：春風、清風、松風、秋風、狂風、東風、長風、秋風、南風、香風、飄風、天風等；也有與同一詞類聯合出現，屬於並列結構，平行關係的詞聯，如：風雲、風沙、風塵、風雨、風霜，相當豐富。〔註10〕不同於「月」—「思念」固定意義的聯結，「風」的意象相當複雜，可說是「風情萬種」，屬於自由的意象。因此本文選擇在李白詩中較常出現的詞，加以解析，並且將詩分類，探討風意象在不同的主題下運用之情形，希望透過「風」意象的研究能了解風在詩歌中的變化。

　　本文欲探討的「風」意象，以「風」字詩為主，本文的「風」指的是「流動的空氣」，而剔除抽象名詞如：「風流」、「風俗」、「風采」等，而「國風」、「王風」亦不在討論之列。所探討使用「風」意象的詩歌請參閱附錄一，共52類，330首。

　　本文所引用的李白詩文為詹鍈主編的《李白全集校注彙釋集評》，天津百花文藝出版社於1996年12月出版，共三十卷，分為八冊。此部書意圖超越清人王琦注本，增加題解、校記、分段與串講並附上集評和備考。以日人平岡武夫影印靜嘉堂文庫藏宋蜀本《李太白文集》三十卷為底本，並以其他版本作校勘。可說是較為完善的新版本。因索引及分類之便，論文中李白詩文之引文標註及附錄之「風」字詩句皆以此書為本。並參考瞿蛻園等校注的《李白集校注》，該注以清王琦注為底本，是現今較為理想之版本。另外，參閱安旗、薛天緯、閻琦、房日晰所編《李白全集編年注釋》，此書由成都巴蜀書社

〔註9〕林淑英：《東坡詞風意象研究》，（國立彰化師範大學國文學系2004年碩士論文），頁22。

〔註10〕關於詞與詞的配合關係請參見許世瑛：《中國文法講話》（台北：臺灣開明書店，1994年9月修訂版），頁33〜41。

於 1990 年 4 月出版，書後附有豐富研究李白的資料。

二、方法及架構說明

　　本文藉由李白生平事蹟了解其人與「風」的關係，以期深入探討「風」意象內涵。另外，在研究方法上採用主題學及主題研究方法分析「風」意象在李白之前的運用情形，以及在不同主題下的「風」意象群的組合。主題學研究是比較文學的一部門，主題學探索的是相同主題（包含套語、意象和母題等）在不同時代以及不同的作家手中的處理，據以了解時代的特徵與作家的「用意」。〔註 11〕一個意象必須要不斷反覆的出現才可能被賦予象徵的意義，但各個時代的作家對意象都有其運用的態度、方法和表現特色，隨著時間的新陳代謝，這些便自然而然地連成接成一條前後承續的歷史脈絡。〔註 12〕在這條脈絡中李白的「風」意象有繼承也有開創，希望能尋找其源流，透過主題學研究方式進行剖析、了解。主題研究則是任何文學作品許多層面中一個層面的研究，探討的是個別主題的呈現，作家的理念或用意的表現。本文第五章以主題為綱，分析「風」意象群組合情形。

　　本文分成六章，各章概略如下：

（一）第一章：緒論。從全唐詩檢索發現李白詩歌有大量「風」字詩，佔舉足輕重的地位，引發研究李白詩「風」意象的動機，進而從國家圖書館博碩士論文網站搜尋以詩歌意象為研究主題的論文作簡要分析，釐清本論文研究價值，再將研究範圍作界定，並對論文之架構加以說明。

（二）第二章：意象與「風」意象。蒐集文學理論對「意象」的解釋及中國「意象」理論的演進的資料，加以整理及說明，並上溯詩經、楚辭、樂府及古詩、魏晉南北朝的重要詩人的作品，找出「風」字詩，分析「風」意象運用情形，以主題學的研究方

〔註11〕陳鵬翔主編：《主題學研究論文集》（台北：東大圖書有限公司，1983 年 11 月初版），頁 15。

〔註12〕歐麗娟：《杜詩意象論》（台北：里仁書局印行，1997 年初版），頁 5。

法了解李白之前「風」意象的運用與源流。

（三）第三章：李白生平與風。蒐集李白生平資料，包括李白墓誌銘、文集序、史傳、年譜及相關書籍、研究論文等，加以歸納，整理出李白生平梗概，並查閱編年詩集，找出「風」字詩寫作時間，將李白生平與「風」意象對照，了解之間關係。

（四）第四章：李白詩歌「風」意象的解析。將李白詩歌中常用的「風」意象如「春風」、「清風」、「長風」、「松風」加以解析。

（五）第五章：李白詩歌「風」意象群的運用。針對李白詩歌幾個主題：閨怨、遊仙、行旅，分析了解「風」意象群如「風—女性」、「風—山水」、「風—音樂」的運用情形。

（六）第六章：結論。根據以上研究作總結。

第二章　意象與「風」意象

第一節　意象概說

一、意象釋義

　　意象（image），原意指雕刻的、鑄造的或塑的人像。文學中的意象則指作者將一個可以用一種感官以上得知的事物或知覺的經驗作文字而具體的表現。[註1]

　　大陸學者向錦江、張建業主編《文學概論新編》解釋意象：

　　　　文學意象是文學作品中的藝術形象的一種統稱，即通過文
　　　　學手段創造出、表現一定意義的形象。這意義是作者的感
　　　　情、思想認識及創作意圖的體現，也包括作品中實際可以
　　　　提供給讀者的意義。其中感情是最基本的因素。[註2]

除此，還特別強調，文學意象的「意」的主要意思就是「感情」，而「象」是寄寓作家感情的人物或景物形象。

　　袁行霈〈中國古典詩歌的意象〉談到「意象」與物象的差別：

　　　　物象一旦進入詩人的構思，就帶上了詩人主觀的色彩。這
　　　　時它要受到兩方面的加工：一方面，經過詩人審美經驗的

〔註 1〕顏元叔主編：《西洋文學辭典》，頁 386。
〔註 2〕向錦江、張建業主編：《文學概論新編》（北京：北京師範學院出版
　　　　社， 1988 年 12 月， 第一版），頁 88。

淘洗與篩選，以符合詩人的美學理想與美學趣味；另一方面，又經過詩人思想感情的化合與點染，滲入詩人的人格和情趣。經過這兩方面的加工的物象進入詩中就是意象。〔註3〕

詩人透過思想感情及審美經驗將「物象」昇華爲「意象」。

王夢鷗《文學概論》談到意象解釋說：

一般心理學者常用這個名詞來指稱人們過去的感覺或已被知解的經驗在心裏再現或記起的「心靈現象」。這現象不定是「歷歷如繪」的圖形，也不定是「如聞其聲」的聲音……簡括說來，它卻有點像佛書所講，由六「根」造成的六「境」。其中有嗅覺的味覺的觸覺的以及潛意識的，動或靜的種種意象。〔註4〕

強調「意象」中的「象」並非是客觀物象的實錄，而是透過各種感官及想像的創造。

陳植鍔《詩歌意象論》就認爲意象可以從「語言分析角度」、「心理學的角度」、「內容」、「題材」、「表現功能」分出不同類別。依據知覺「象」的通道不同可分爲：「視覺意象」、「聽覺意象」、「嗅覺意象」、「味覺意象」、「觸覺意象」。〔註5〕

而黃永武認爲意象：「是作者的意識與外界的物象相交會，經過觀察、審思與美的釀造，成爲有意境的景象。」〔註6〕陳滿銘則認爲：「所謂「意象」，乃合「意」和「象」來說。」〔註7〕譬如「月」是「象」，而月的意象之一爲「思念」，那麼「思念」是「意」。人透過對「象」

〔註3〕袁行霈〈中國古典詩歌的意象〉，《中國詩歌藝術研究》，頁52。

〔註4〕王夢鷗：《文學概論》（台北：藝文印書館，1991年8月，四版），頁119。

〔註5〕參見 陳植鍔《詩歌意象論》（秦皇島：中國社會科學出版社，1990年8月一版），頁127～146。

〔註6〕黃永武：《中國詩學‧設計篇》，（台北：巨流圖書公司，1999年6月初版），頁3。

〔註7〕陳滿銘：〈意象學研究的新方向〉台北《國文天地》，第二十二卷第一期，二〇〇六年六月，頁50。

的觀察，思維，想像，創造而形成意象系統，因此當「象」出現時，我們自然會聯想到它的「意」。譬如看到月亮即引發思念。另外，從廣義的角度看意象：

> 所謂意象，指的是在形象思維、邏輯思維與綜合思維的運作下，主體「情」或「理」與客體「景」或「事」產生了連接與互動，使得意象因此形成，並進而表現、組織，最後統合爲整體意象；而探討它們形成、表現、組織與統合之理論與應用的，就稱爲意象學。〔註8〕

陳滿銘更以層次邏輯系統，也就是「多」、「二」、「一（0）」螺旋結構解釋意象系統。他說：

> 這種系統或結構，初由「觀察」與「記憶」的兩大支柱豐富「意象」，再由「聯想」與「想像」的兩大翅膀拓展「意象」（多），接著由「形象」與「邏輯」的兩大思維（二）運作「意象」，然後由「綜合思維」統合「意象」（一（0）），以發揮最大的「創造力」。如此周而復始，便形成「多」、「二」、「一（0）」的螺旋結構，以反映「思維系統」或「意象系統」。〔註9〕

將哲學與文學加以統攝，從不同角度對意象學作全新探析。

　　綜合言之，意象取材於表象，是透過詩人感情與審美，主、客觀對待下的產物。客觀方面不僅包括物，也包括事；主觀方面除了情，也包括理。狹義的意象僅指意象的形成；廣義的意象還包含意象的表現、意象的組織、意象的統合等。

二、意象溯源

　　從創作實踐來看，意象的運用很早就有了，但對意象概念的認識，也就是意象的理論則是較晚才慢慢形成的。中國早在《易傳・繫辭》就提到：

〔註8〕陳滿銘：《意象學廣論》（台北：萬卷樓圖書股份有限公司，2006 年11 月，初版），頁11。

〔註9〕陳滿銘：《意象學廣論》頁11。

> 聖人有以見天下之賾，而擬諸其形容，象其物宜，是故謂
> 之象。……古者包羲氏之王天下也，仰則觀象於天，俯則
> 觀法於地，觀鳥獸之文與地之宜。近取諸身，遠取諸物，
> 於是始作八卦，以通神明之德，以類萬物之情。〔註10〕

聖人透過對物象的觀察、描摹而作八卦。「象也者，像也。」〔註11〕
雖然這裏的「象」和文學意象的「象」不完全相同，但已有借助物象
表達思維的意思。除此《易傳・繫辭》還論及言、意、象三者關係，
並提到「立象以盡意」的觀點：

> 子曰：「書不盡言，言不盡意，然則聖人之意，其不可見乎？」
> 子曰：「聖人立象以盡意，設卦以盡情偽……。」〔註12〕

文字不能完全表達語言，語言也不能完全表達思想，因此聖人透過形
象的東西來表達他的思想。魏朝王弼結合《易傳・繫辭》「立象以盡
意」及莊子「得意忘言」的思想，更進一步提出「得意忘象」的命題。
首先我們來看《莊子・外物》：

> 荃者所以在魚，得魚而忘荃；蹄者所以在兔，得兔而忘蹄；
> 言者所以在意，得意而忘言。吾安得夫忘言之人而與之言
> 哉！〔註13〕

意思是說「言」的目的是爲了表達「意」，因此得到了「意」，就可以
把「言」忘了。王弼《周易略例・明象》中說：

> 夫象者，出意者也。言者，明象者也。盡意莫若象，盡象
> 莫若言。言生於象，故可尋言以觀象；象生於意，故可尋
> 象以觀意。意以象盡，象以言著。故言者所以明象，得象
> 而忘言；……然則，忘象者，乃得意者也；忘言者，乃得
> 象者也。得意在忘象，得象在忘言。故立象以盡意，而象
> 可忘也；重畫以盡情，而畫可忘也。〔註14〕

〔註10〕徐志銳：《周易大傳新注》，頁553～589。
〔註11〕徐志銳：《周易大傳新注》，頁594。
〔註12〕徐志銳：《周易大傳新注》，頁580。
〔註13〕郭慶藩輯：《莊子集釋》（台北：華正書局，1994年8月版），頁944。
〔註14〕王弼：《周易略例・明象》，收於《易經集成》149（台北：成文出版
　　　　社，1976年出版），頁21～22。

這段話的主要意思是說：「意」要靠「象」來顯現；「象」要靠「言」說明，「言」與「象」都是爲了顯現「意」，因此「言」與「象」皆可忘。這個「得意忘象」的命題是有積極意義的：推動「象」的範疇向「意象」這個範疇的轉化，進入更內在的層次；啓發人們審美觀照往往表現爲對於有限物象的超越；意識到藝術的形式不應該突出自己，而應該否定自己，從而把藝術的整個形象突出的表現出來。〔註15〕這時意象問題逐漸進入文學理論的領域。

晉朝陸機在《文賦》中提到：

> 每自屬文尤見其情，恒患意不稱物，文不逮意，蓋非知之難，能之難也。〔註16〕

在文藝創作的歷程之中，創作者以自己的主觀意識觀察外物、感觸外物，得出物象，把物象表現於文詞。然而文詞所呈現的「象」能否與創作者原先的物象相及呢？陸機認爲「意」與「物」應該相稱，通過對物象充分的研究、描摹，「窮形而盡象」〔註17〕使情意得到充分的表達。

南朝劉勰《文心雕龍・神思》說明對意中之象與胸中之情相互融合的理解：

> 故思理爲妙，物與神遊，神居胸臆，而志氣統其關鍵；物沿耳目，而辭令其樞機。樞機方通，則物無隱貌；關鍵將塞，則神有遯心。……然使玄解之宰，尋聲律而定墨；獨照之匠，窺意象而運斤，此蓋馭文之首術，謀篇之大端。〔註18〕

文章構思的奇妙在於能夠讓精神與外物一起活動，情志氣質掌握內心，透過耳目接觸，文辭表達，將事物形貌充分描繪。也提到意象

〔註15〕葉朗：《中國美學的發展》上冊（台北：金楓出版有限公司，1987年7月，初版），頁37～39。

〔註16〕六臣註：《六臣註文選》上冊（台北：廣文書局，1964年9月，初版），頁309。

〔註17〕六臣註：《六臣註文選》上冊，頁311。

〔註18〕周振甫注：《文心雕龍注釋》（台北：里仁書局，1994年7月，再版），頁433。

塑造對於駕馭文章，全篇佈局的重要性。除此，「意受於思，言受於意」想像化為意象，意象化為語言，對「思」、「意」、「言」的關係作了說明。鍾嶸《詩品・序》也含有情物相融的意思：「氣之動物，物之感人」〔註19〕，又說：「指事造形，窮情寫物」〔註20〕，按事物之本然描繪其形象，窮作者之情以摹寫外物。對情物關係作較深入的探討。

到了唐代，詩歌創作鼎盛，意象的概念被普遍使用，殷璠提出「興象」的概念，司空圖《詩品・縝密》提出「意象欲生，造化已奇」的觀點，及創造意象的一些原則，意象理論已趨於成熟。

第二節　風意象的源流

主題學研究是比較文學的一部門，主題學探索的是相同主題（包含套語、意象和母題等）在不同時代以及不同的作家手中的處理，據以了解時代的特徵與作家的「用意」。〔註21〕一個意象必須要不斷反覆的出現才可能被賦予象徵的意義，但各個時代的文學對意象都有其運用的態度、方法和表現特色，隨著時間的新陳代謝，這些便自然而然地連成接成一條前後承續的歷史脈絡。〔註22〕在這條脈絡中李白的「風」意象有繼承也有開創，希望能尋找其源流，透過主題學研究方式進行剖析、了解。

甲骨文以「凡」或以「鳳」為「風」。甲骨文上的「風」字是象形字，像一隻戴冠飾的鳥，有的學者釋「風」為「鳳」，有的釋為「鵬」。《說文》：「鵬，亦古文鳳。」〔註23〕其實，上古「鵬」、「風」、「鳳」

〔註19〕鍾嶸：《詩品》（台北：地球出版社，1994 年 5 月，第一版），頁 1。
〔註20〕鍾嶸：《詩品》，頁 11。
〔註21〕陳鵬翔主編：《主題學研究論文集》（台北：東大圖書有限公司，1983 年 11 月初版），頁 15。
〔註22〕歐麗娟：《杜詩意象論》（台北：里仁書局印行，1997 年初版），頁 5。
〔註23〕（漢）許慎撰、（清）段玉裁注《説文解字注》（台北：黎明文化事業股份公司，1993 年 7 月十版）頁 150。

讀音相同,字形相近,三者是三而合一。〔註24〕《莊子‧逍遙遊》有
一段文章描述大鵬:

> 諧之言曰:「鵬之徙於南冥也,水擊三千里,摶扶搖而上者
> 九萬里,去以六月息者也。」野馬也,塵埃也,生物之以
> 息相吹也。天之蒼蒼,其正色邪?其遠而無所至極邪?其
> 視下也,亦若是則已矣。〔註25〕

大鵬飛翔的形象儼如現實生活中熱帶暴風。這是就風的形態來描繪,
就風的聲音而言,《莊子‧齊物論》有生動的描述:

> 子綦曰:「夫大塊噫氣,其名為風。是唯無作,作則萬竅怒
> 呺。而獨不聞之翏翏乎?山林之畏佳,大木百圍之竅穴,似
> 鼻,似口,似耳,似枅,似圈,似臼,似洼者,似污者;激
> 者、謞者、叱者、吸者、叫者、譹者、宎者、咬者,前者唱
> 于而隨者唱喁。泠風則小和,飄風則大和,厲風濟則眾竅為
> 虛。而獨不見之調調,之刀刀乎?」子游曰:「地籟則眾竅
> 是已,人籟則比竹是已,敢問天籟。」子綦曰:「夫吹萬不
> 同,而使其自己也。咸其自取,怒者其誰邪?」〔註26〕

將風視為大自然呼吸的聲音,其發出的聲響,如水湍激聲、迅急的箭
簇聲、叱咄聲、呼吸聲、叫喊聲、號哭聲,像深谷的樣子及哀切聲,
小風和聲小;大風和聲大;烈風止眾竅寂靜。表相「吹萬不同」,然
而物皆自得,是為「天籟」。

風給人的感受是因人而異的。戰國時代楚國大夫宋玉〈風賦〉對
風的描述令人印象深刻:

> 楚襄王遊於蘭臺之宮,宋玉、景差侍。有風颯然而至,王
> 乃披襟而當之,曰:「快哉此風!寡人所與庶人共者邪?」
> 宋玉對曰:「此獨大王之風耳,庶人安得而共之!」
> 王曰:「夫風者,天地之氣,溥暢而至,不擇貴賤高下而加

〔註24〕 參見張應斌〈「風」與文學發生學〉《湖北民族學院學報》第17卷,
　　　　第4期,1999年,頁32。
〔註25〕 郭慶藩輯:《莊子集釋》,頁4。
〔註26〕 郭慶藩輯:《莊子集釋》,頁45～50。

焉。今子獨以爲寡人之風，豈有說乎？」宋玉對曰：「臣聞
於師：枳句來巢，空穴來風。其所托者然，則風氣殊焉。」……
故其風中人狀，直憯悽惏慄，清涼增欷。清清冷冷，愈病
析酲，髮明耳目，寧體便人。此所謂大王之雄風也。……
故其風中人狀，直憞溷鬱邑，毆溫致濕，中心慘怛，生病
造熱。中唇爲胗，得目爲蔑，啗齰嗽獲，死生不卒。此所
謂庶人之雌風也。〔註27〕

蘇轍〈黃州快哉亭記〉言及〈風賦〉認爲：「宋玉之言蓋有諷焉！夫
風無雄雌之異，而人有遇不遇之變。」〔註28〕眞是一針見血。風隨著
四季不同有東、西、南、北方向的不同，冷暖的差異，但更重要的是
詩人當下的懷抱，風是詩人心境的投射。自古以來，風在詩人的筆下
可說是多樣又多變。

　　古人很早就將風與文學結合，將民歌稱之爲「風」，《詩經》六義
之首「風」指的即是地方歌謠。朱熹《詩集傳》解釋「風」：「吾聞之：
凡詩之所謂風者，多出於里巷歌謠之作，所謂男女相與詠歌，各言其
情者也。」〔註29〕民歌與風的特性相近。

　　由於詩歌意象具有歷史傳承性〔註30〕，甚至可說約定俗成，又
「李白雖奇，而語本於古人。」〔註31〕，李調元〈重刻李太白全集序〉
亦言：「太白詩根本風騷，馳驅漢、魏。」〔註32〕所以本節希望透過
《詩經》、《楚辭》、樂府、古詩，及魏晉南北朝幾位影響李白較深的
重要詩人如曹植、陶淵明、謝靈運、鮑照、謝朓的作品了解「風意象」

〔註27〕六臣註：《六臣註文選》上冊，頁245～247。
〔註28〕吳功正主編：《古文鑑賞集成》（台北：文史哲出版社，1991 年 3 月
　　　　初版）二冊，頁882。
〔註29〕陳俊民校訂：《朱子文集》第八冊（財團法人德富文教基金會出版），
　　　　頁3802。
〔註30〕謝群：〈試論中國古典詩歌意象群組合的歷史傳承性〉《湘潭師範學
　　　　院學報》第23卷第3期2001年7月，頁71。
〔註31〕阮廷瑜：《李白詩論》（台北：國立編譯館，1986 年 7 月，初版），頁
　　　　183。
〔註32〕安旗、薛天緯、閻琦、房日晰：《李白全集編年注釋》下冊，附錄
　　　　三（成都：巴蜀書社，1990 年 4 月一版），頁2138。

在詩歌中運用的情形，探究「風意象」的源流。

一、詩經

詩經是我國最早的詩歌總集，質樸自然的風格及寫實精神最為李白所稱道，他在〈古風其一〉中曾提到：

> 大雅久不作，吾衰竟誰陳？王風委蔓草，戰國多荊榛。龍
> 虎相啖食，兵戈逮狂秦。正聲何微茫！哀怨起騷人。〔註33〕

顯現對《詩經》風、雅的推崇。

李湘在《詩經名物意象探析》一書論及《詩經》中「風」字的運用說：

> 從古人對風候的記載和表現的心理特徵看，人們畏大風，喜
> 祥風。例如〈尚書〉載：「周公居東二年，天大風，禾盡偃，
> 大木斯拔。王啟金縢之書，還周公，天乃返風，禾盡起。」
> 〈國語〉載：「海鳥爰居，止於魯東門之外，三日。展禽曰：
> 今其有災乎？是歲也，海多大風。」而〈孝經，援神契〉則
> 云：(王者) 德至八方，則祥風至。」〈尚書大傳〉亦云：「舜
> 將禪禹，八方修通。」又云：「久矣天無烈風迅雨，意中國
> 有聖人乎？」這都証實當時民俗認為，大風象徵災難，而祥
> 風則象徵王者有德、人民安居樂業。〔註34〕

我們仔細閱讀《詩經》中的運用「風」字的篇章確實發現，詩中出現「飄風」、「谷風」、「大風」、「終風」、「匪風」，這些疾勁的風帶給人的感受常是悲傷、淒涼、痛苦，即使溫暖如「凱風」，亦興發樹欲靜而風不止，子欲養而親不在的感慨。唯〈大雅・卷阿〉中的「飄風」，因為歌頌嘉賓，因此展現不同的意義。此處選擇《詩經》中運用「風意象」的篇章進行探討。

〔註33〕詹鍈主編：《李白全集校注彙釋集評》（天津：百花文藝出版社，1996
　　　年 12 月一版），頁 19。
〔註34〕李湘：《詩經名物意象探析》（台北：萬卷樓圖書公司，1999 年 7
　　　月，初版），頁 186。

（一）亂世、惡政

在《詩經》，用呼呼吹來的寒風比喻殘忍無道的當政者，如〈邶風‧北風〉：

> 北風其涼，雨雪其雱。惠而好我，攜手同行。其虛其邪？既
> 亟只且！北風其喈，雨雪其霏。惠而好我，攜手同歸。〔註35〕

毛亨：「北風刺虐也，衛國並爲威虐，百姓不親，莫不相攜持而去焉。」
鄭玄：「北風，寒涼之風，病害萬物興者，喻君政教酷暴，使民散亂。」
此詩爲詩人傷國政混亂，偕其好友避亂之作。又如在〈鄭風‧風雨〉
一詩中「風雨」喻「亂世」：

> 風雨淒淒，雞鳴喈喈，既見君子，云胡不夷。風雨瀟瀟，
> 雞鳴膠膠，既見君子，云胡不瘳。風雨如晦，雞鳴不已，
> 既見君子，云胡不喜。〔註36〕

此詩讚美君子在亂世中仍不改其節操。又如〈大雅‧桑柔〉：

> 大風有隧，有空大谷。維此良人，作爲式穀；維彼不順，
> 征以中垢。大風有隧，貪人敗類，聽言則對，誦言如醉。
> 匪用其良，覆俾我悖。〔註37〕

以「大風有隧」起興，指控荼毒百姓的權臣對自己的迫害。此外〈小
雅‧四月〉：

> 四月維夏，六月徂暑。先祖匪人，胡寧忍予？秋日淒淒，
> 百卉具腓。亂離瘼矣，爰其適歸？冬日烈烈，飄風發發。
> 民莫不穀，我獨何害。〔註38〕

言及遭逢離亂，竟無容身之處，呼呼疾風刺骨寒，令人心悲傷。

（二）思鄉、思人

風能引發人思鄉或思人。如〈檜風‧匪風〉：

> 匪風發兮，匪車偈兮。顧瞻周道，中心怛兮。匪風飄兮，
> 匪車嘌兮。顧瞻周道，中心弔兮。誰能亨魚？溉之釜鬵。

〔註35〕《十三經注疏‧詩經》（台北：藝文印書館），頁104。
〔註36〕《十三經注疏‧詩經》，頁179。
〔註37〕《十三經注疏‧詩經》，頁653。
〔註38〕《十三經注疏‧詩經》，頁441。

誰將西歸？懷之好音。〔註39〕

「匪風」，言非有道之風。此詩寫一位征人離家日久，思念故鄉，望著歸途遙遠，不禁充滿悲悽，強勁的「匪風」更添淒清。又〈邶風‧凱風〉：

凱風自南，吹彼棘心；棘心夭夭，母氏劬勞。凱風自南，
吹彼棘薪；母氏聖善，我無令人。爰有寒泉，在浚之下；
有子七人，母氏勞苦。睍睆黃鳥，載好其音；有子七人，
莫慰母心。〔註40〕

以自南方吹來溫暖的「凱風」比喻母愛，鄭玄：「凱風喻寬仁之母，棘猶七子也。」母親慈愛又辛勞，而為人子卻未能報答，安慰母心，而有此作。又〈邶風‧綠衣〉：

綠兮衣兮，綠衣黃裏。心之憂矣，曷維其已！綠兮衣兮，
綠衣黃裳。心之憂矣，曷維其亡！綠兮絲兮，女所治兮。
我思古人，俾無訧兮！絺兮綌兮，淒其以風。我思古人，
實獲我心。〈邶風‧綠衣〉〔註41〕

寫一男子睹物思人，風兒吹來，拿起妻子所織的綠衣，想起妻子的好，如今不在身旁，實在悲涼。而〈邶風‧終風〉則以「終風」（狂風）比喻丈夫的作為：

終風且暴，顧我則笑。謔浪笑敖，中心是悼。終風且霾，
惠然肯來。莫往莫來，悠悠我思。終風且曀，不日有曀。
寤言不寐，願言則嚏。曀曀其陰，虺虺其靁。寤言不寐，
願言則懷。〈邶風‧終風〉〔註42〕

鄭玄：「終風，既竟日風矣，而又暴疾興者，喻州吁之不善，如終風之無休止。」暴虐的丈夫如終日狂吹的風，讓妻子十分痛苦，一面怨他，卻又割捨不下。又如〈小雅‧蓼莪〉：

南山烈烈，飄風發發。民莫不穀，我獨何害。南山律律，

〔註39〕《十三經注疏‧詩經》，頁265。
〔註40〕《十三經注疏‧詩經》，頁85。
〔註41〕《十三經注疏‧詩經》，頁75。
〔註42〕《十三經注疏‧詩經》，頁79。

飄風弗弗。民莫不穀，我獨不卒！〈小雅・蓼莪〉〔註43〕

「飄風」吹來寒且疾，讓失去雙親的孝子倍感悲涼與不幸。

以上的詩圍繞思念的主題，或思念故鄉或思念父母、丈夫、妻子，多以「風」起興。

（三）棄婦、怨女

《詩經》中有許多篇什描寫棄婦之哀怨，而以「風」起興。如〈邶風・谷風〉與〈小雅・谷風〉二詩標題相同，題旨也相近，同為棄婦詩。〈邶風・谷風〉：

> 習習谷風，以陰以雨。黽勉同心，不宜有怒。采葑采菲，
> 無以下體？德音莫違，及爾同死。行道遲遲，中心有違。
> 不遠伊邇，薄送我畿。誰謂荼苦？其甘如薺。宴爾新昏，
> 如兄如弟。涇以渭濁，湜湜其沚。宴爾新昏，不我屑以。
>
> 〔註44〕

〈小雅・谷風〉：

> 習習谷風，維風及雨。將恐將懼，維予與女；將安將樂，
> 女轉棄予！習習谷風，維風及頹。將恐將懼，寘予于懷；
> 將安將樂，棄予如遺！習習谷風，維山崔嵬。無草不死，
> 無木不萎。忘我大德，思我小怨。〔註45〕

毛亨：「東風謂之谷風，陰陽和而谷風至，夫婦和則室家成。」被丈夫拋棄後，面對丈夫新婚，內心十分痛苦，來自谿谷「大風」讓人興起失婚之痛，令人辛酸，不寒而慄。又〈小雅・何人斯〉：

> 彼何人斯？胡逝我陳。我聞其聲，不見其身。不愧于人？
> 不畏于天？彼何人斯？其為飄風。胡不自北，胡不自南？
> 胡逝我梁，祇攪我心。〔註46〕

屈萬里先生將此詩視為朋友絕交之詩，李湘先生則視此為棄婦詩。此處的「飄風」隨意亂颳，有捉摸不定，擾人心思的意思。

〔註43〕《十三經注疏・詩經》，頁436。

〔註44〕《十三經注疏・詩經》，頁89。

〔註45〕《十三經注疏・詩經》，頁435。

〔註46〕《十三經注疏・詩經》，頁425。

（四）吟詠、歌頌

前面所述，「風」給人的印象幾乎都是負面的，但以下兩首詩或吟詠或贊頌，展現不同的面貌：

> 有卷者阿，飄風自南。豈弟君子，來游來歌，以矢其音。伴奐爾游矣，優游爾休矣。豈弟君子，俾爾彌爾性，似先公酋矣。〈大雅・卷阿〉〔註47〕

> 蘀兮蘀兮，風其吹女，叔兮伯兮，倡予和女。蘀兮蘀兮，風其漂女，叔兮伯兮，倡予要女。〈鄭風・蘀兮〉〔註48〕

〈大雅・卷阿〉稱頌到來的君子如「飄風」南來，表示歡迎這裏的「飄風」應暗指君子，或可說是嘉賓，是正面的意思。〈鄭風・蘀兮〉應是聚會時歡唱的歌曲，此處的「風」或許有季節的暗示，然而給人的感受是喜樂的。

二、楚辭

《楚辭》繼承《詩經》比、興手法，並加以發揮，更重要的是開創抒情詩的眞正起點，爲我國文學浪漫主義的源頭。就詩歌的浪漫色彩來說，李白同《楚辭》是相當接近的，充滿奔放的感情與神秘的幻想。李白〈江上吟〉：「屈原詞賦懸日月，楚王臺榭空山丘。」顯現出對屈原詞賦相當推崇。此處挑選王逸《楚辭章句》屈、宋作品中「風」字詞句探討《楚辭》「風意象」的運用。

（一）凌風飛翔

人無雙翼，但想像卻可以憑虛御風自由飛翔。〈離騷〉是屈原的代表作，展現詩人崇高的抱負，以及理想的追求：

> 跪敷衽以陳辭兮，耿吾既得此中正。駟玉虯以乘鷖兮，溘埃風余上征。〔註49〕

「埃風」即「塵風」，是自己努力向上飛的助力、憑藉。面對昏庸的

〔註47〕《十三經注疏・詩經》，頁 626。
〔註48〕《十三經注疏・詩經》，頁 172。
〔註49〕王逸：《楚辭章句》（台北：藝文印書館，1974 年 4 月再版），頁 46。

楚王及邪曲的小人，即使身遭讒毀而離開，內心痛苦仍努力不懈，以上詩句寫自己努力上求，雖然努力飛翔來到天門前，天門卻不打開，最後徒勞無功，留下無限哀愁。同是凌風飛翔〈九歌・大司命〉則展現不同情境：

> 廣開兮天門，紛吾乘兮玄雲。令飄風兮先驅，使凍雨兮灑塵。〔註50〕

命令天門打開，乘著烏雲，以「飄風」為先導，讓暴雨灑除空中塵埃。以雄壯的威勢來描繪主宰人類生命的神。又如〈九歌・河伯〉：

> 與女游兮九河，衝風起兮水揚波。乘水車兮荷蓋，駕兩龍兮驂螭。〔註51〕

寫在黃河上遊玩，暴風興起河水捲起大波浪，乘坐水車以荷葉為蓋，兩龍駕馭在中，兩螭在旁。「衝風」同樣有增加氣勢的作用。而〈九歌・少司命〉則以乘「回風」（旋風）表示對方離開之迅速。

> 滿堂兮美人，忽獨與余兮目成。入不言兮出不辭，乘回風兮載雲旗。〈九歌・少司命〉〔註52〕

另外，在〈遠遊〉這首遊仙長詩中，「風」出現了三次，「向風」（迎風）、「凱風」（南風）、「風伯」（風神）：

> 誰可與玩斯遺芳兮，長向風而舒情，高陽邈以遠兮，余將焉所程？……
>
> 順凱風以從游兮，至南巢而壹息。見王子而宿之兮，審壹氣之和德。……
>
> 陽杲杲其未光兮，凌天地以徑度。風伯為余先驅兮，氛埃辟而清涼。〈遠遊〉〔註53〕

此詩寫向風抒發內心對俗世的唾棄，想乘著「凱風」（南風）離開塵世，漫遊仙境。〈九章・悲回風〉則是內心充滿愁苦，因此願隨「飄風」（狂風）而去，「流風」（隨著風）登上高山之巔，靠在「風穴」

〔註50〕王逸：《楚辭章句》，頁95。
〔註51〕王逸：《楚辭章句》，頁103。
〔註52〕王逸：《楚辭章句》，頁98。
〔註53〕王逸：《楚辭章句》，頁213。

（風神住的地方）休息。

> 糾思心以爲纕兮，編愁苦以爲膺。折若木以蔽光兮，隨飄
> 風之所仍。……
>
> 愁悄悄之常悲兮，翩冥冥之不可娛。凌大波而流風兮，託
> 彭咸之所居。……
>
> 吸湛露之浮涼兮，漱凝霜之雰雰。依風穴以自息兮，忽傾
> 寤以嬋媛。〈九章·悲回風〉〔註54〕

〈九章·哀郢〉也有同樣的情境：

> 順風波以從流兮，焉洋洋而爲客。凌陽侯之氾濫兮，忽翱
> 翔之焉薄。〔註55〕

順著「風波」四處流浪，但心中憂愁始終還是無法擺脫。沒有憑虛御風的逍遙自在，《楚辭》的凌風飛翔顯得沉重。

（二）風雨飄搖

「風」和「雨」經常一同出現在詩歌裡，往往代表挫折、阻礙、困難或混亂的政局，或者是小人讒言。如〈離騷〉：

> 吾令鳳鳥飛騰兮，繼之以日夜。飄風屯其相離兮，帥雲霓
> 而來御。〔註56〕

王逸：「回風爲飄。飄風，無常之風，以興邪惡之眾。屯其相離，言不與和合也。」此處飄風即爲小人讒言。又下列二詩亦同，〈九辯〉：

> 竊悲夫蕙華之曾敷兮，紛旖旎乎都房；何曾華之無實兮，
> 從風雨而飛揚？〔註57〕

〈九章·悲回風〉：

> 悲回風之搖蕙兮，心冤結而內傷。物有微而隕性兮，聲有
> 隱而先倡。〔註58〕

〔註54〕王逸：《楚辭章句》，頁206。
〔註55〕王逸：《楚辭章句》，頁170。
〔註56〕王逸：《楚辭章句》，頁49。
〔註57〕王逸：《楚辭章句》，頁252。
〔註58〕王逸：《楚辭章句》，頁200。

「風」、「雨」指惡劣的政治環境、進讒言的小人。第一首悲嘆曾經枝繁葉茂長在華麗宮殿的蕙花，還沒結果就被無情風雨打落，到處飛揚。第二首同是風打蕙花，少了雨，但仍以「蕙花」自比，象徵高節情操。在〈九歌・山鬼〉：

> 杳冥冥兮羌晝晦，東風飄兮神靈雨。留靈修兮憺忘歸，歲
> 既晏兮孰華予？……雷填填兮雨冥冥，猿啾啾兮狖夜鳴。
> 風颯颯兮木蕭蕭，思公子兮徒離憂。〔註59〕

寫深山老林白天非常幽暗，「風」、「雨」不定變幻多端，引發離別之思與遲暮之感。此詩出現兩次風雨交加的描繪，強調世事變化不定難以捉摸。

（三）秋風蕭瑟

秋天是草木凋零的時節，最易引人傷感，因此，悲秋成為中國古典文學的一大主題。宋玉〈九辯〉一開頭即道：「悲哉秋之為氣也！蕭瑟兮草木搖落而變衰。憭慄兮若在遠行；登山臨水兮送將歸。」〔註60〕寫秋風中草木凋零的淒涼，使人倍加傷心。對被驅逐的屈原而言，秋風吹起，更是滿懷悲涼。如流放於江南時所作之〈九章・涉江〉：

> 哀南夷之莫吾知兮，旦余濟乎江湘。乘鄂渚而反顧兮，欸
> 秋冬之緒風。〈九章・涉江〉〔註61〕

「緒風」即餘風。王逸：「記登鄂渚高岸，還望楚國，嚮秋冬北風，愁而長歎，心中憂思也。」五臣云：「秋冬之風，搖落萬物，比之讒佞，是以欸焉。」在秋冬的「緒風」中，屈原悲嘆不被了解。又〈九章・抽思〉：

> 悲秋風之動容兮，何回極之浮浮！數惟蓀之多怒兮，傷余
> 心之慢慢。〈九章・抽思〉〔註62〕

〔註59〕王逸：《楚辭章句》，頁108。
〔註60〕王逸：《楚辭章句》，頁246。
〔註61〕王逸：《楚辭章句》，頁164。
〔註62〕王逸：《楚辭章句》，頁174。

看到蕭瑟秋風使草木變色，想到楚王之易怒，使自己傷心愁苦。又〈九歌・湘夫人〉：

> 帝子降兮北渚，目眇眇兮愁予。嫋嫋兮秋風，洞庭波兮木葉下。〔註63〕

此詩表達湘君對湘夫人的思念，秋風輕拂，木葉落下，在微波盪漾的洞庭湖望眼欲穿。王逸：「或曰屈原見秋風起而木葉墮，悲歲徂盡，年衰老也。」不管是思念或感歎衰老，皆是秋風蕭瑟之景引發詩人感觸。

三、樂府歌謠

在李白的詩集中，樂府歌行體約佔四分之一，李白的樂府詩創作又以古題樂府為多，如〈大堤曲〉、〈白頭吟〉、〈獨漉篇〉等等。胡震亨《李詩通》說：「凡白樂府，皆非泛然獨造。必參觀本曲之辭與所借用之辭，始知其源流之自，點化奪胎之妙。」〔註64〕可見李白詩深受樂府影響。如〈大堤曲〉：「春風復無情，吹我夢魂散。」本古樂府：「春風復多情，吹我羅裳開。」〔註65〕雖然歐陽脩的詞作說：「人生自是有情癡，此恨不關風與月。」但「春風」似乎是個好事者，無論多情還是無情，擬人化手法賦予「春風」生命，使感情的表達更加淋漓盡致。也讓「春風」在樂府詩中扮演第三者的角色，似能理解又好似不能理解詩中主角的心情，十分活潑生動。又如〈代贈遠〉：「相思欲有寄，恐君不見察。焚之揚其灰，手跡自此滅。」出自〈有所思〉：「聞君有他心，拉雜摧燒之。摧燒之，當風揚其灰。」〔註66〕一段不堪的情感欲以強烈焚毀的方式從心中割除，隨「風」逝去，然外在行為愈激烈反映出內在的感情愈深。「秋風蕭蕭晨風颸」，「風」在詩中展現淒涼的氛圍，儘管定情物能化為灰燼，但心

〔註63〕王逸：《楚辭章句》，頁91。
〔註64〕裴裴、劉善良編：《李白資料彙編：金元明清之部》（北京：中華書局，2004年6月，1版）第三冊，頁1176。
〔註65〕（明）楊慎：《升菴詩話》，丁福保輯：《歷代詩話續編中》，（北京：中華書局，2001年，1版）頁660。
〔註66〕阮廷瑜：《李白詩論》，頁197。

中感情、憤恨眞能被「風」帶走嗎？另外〈魯城北郭曲腰桑下送張子還嵩陽〉：「送別枯桑下，凋葉落半空。我行懵不遠，爾獨知天風。」出自〈飲馬長城窟行〉：「枯桑知天風。」〔註67〕即使是枯桑亦能感知季節更迭，更何況是人的心呢？起風了，面對蕭瑟孤寂的一切，大地的變化，歲月的流逝，內心應是愁苦難言。

　　除了以上三首，我們再來看看《文選》收錄幾首樂府歌謠「風」意象運用情形。〈傷歌行〉：

> 昭昭素月明，暉光燭我床。憂人不能寐，耿耿夜何長！微風吹閨闥，羅帷自飄颻。攬衣曳長帶，屣履下高堂。東西安所之？徘徊以彷徨。春鳥颺南飛，翩翩獨翱翔。悲聲命儔匹，哀鳴傷我腸。感物懷所思，泣涕忽沾裳。佇立吐高吟，舒憤訴穹蒼。〔註68〕

此詩「微風」吹閨，意指一年過去，春天又來了。向註曰：「側調，傷日月代謝，年命遒盡，離絕知友，傷而爲歌。」主人翁終夜不寐，心有隱憂，「微風」吹闥，春鳥南飛，感物懷思。

　　〈怨歌行〉：

> 新裂齊紈素，皎潔如霜雪。裁爲合歡扇，團團似明月。出入君懷袖，動搖微風發。常恐秋節至，涼風奪炎熱。棄捐篋笥中，恩情中道絕。〔註69〕

此詩題爲漢班婕妤所作。向註曰：「漢書云：孝成帝班婕妤，帝初即位，選入後宮，始爲小使，俄而大幸爲婕妤。後趙飛鷰寵盛，婕妤失寵，故有是篇也。」此處以「扇」自喻，「微風」、「涼風」指夏季與秋季，暗喻「得寵」與「失寵」。得寵時「出入君懷袖，動搖微風發」；失寵時「棄捐篋笥中，恩情中道絕」。

　　〈荊軻歌〉或稱爲〈易水歌〉：

> 風蕭蕭兮易水寒，壯士一去兮不復還！〔註70〕

〔註67〕阮廷瑜：《李白詩論》，頁197。
〔註68〕六臣註：《六臣註文選》上冊，頁513。
〔註69〕六臣註：《六臣註文選》上冊，頁513。
〔註70〕六臣註：《六臣註文選》上冊，頁537。

此歌序曰：「燕太子丹使荊軻刺秦王，丹祖送於易水上，高漸離擊筑荊軻歌，宋如意和之。」蕭蕭爲風聲，荊軻此去無論成與敗都回不來了，在寒冷易水旁送別，風呼呼吹著，充滿淒涼與悲壯。

　　〈漢高祖歌〉或稱爲〈大風歌〉：

　　大風起兮雲飛揚，威加海內兮歸故鄉，安得猛士兮守四方！

〔註71〕

李善註：「風起雲飛以喻羣兇競逐而天下亂也。」風起雲湧除了比喻天下大亂，羣雄並起，也使得此歌雄渾豪邁，展現漢高祖建國前的豪情壯志。

　　最後，我們從《樂府詩集》標爲古辭的樂府歌謠來看「風」意象運用情形。〈紫騮馬歌辭〉：「高高山頭樹，風吹葉落去。一去數千里，何當還故處。」〔註72〕此詩以「風吹葉落去」比喻戰士被迫離開故鄉至千里外，無法返家。〈長歌行〉：「驅車出北門，遙觀洛陽城。凱風吹長棘，夭夭枝葉傾。」〔註73〕寫遊子見「凱風吹長棘」思念故鄉。〈怨歌行〉：「天德悠且長，人命一何促。百年未幾時，奄然風吹燭。嘉賓難再遇，人命不可續。」〔註74〕以「奄然風吹燭」比喻人生短促與無常。〈東飛伯勞歌〉：「女兒年幾十五六，窈窕無雙顏如玉。三春已暮花從風，空留可憐誰與同。」〔註75〕此詩「三春已暮花從風」寫暮春花落，隨風逝去，比喻女子的青春年華的消逝。〈西洲曲〉：「海水夢悠悠，君愁我亦愁。南風知我意，吹夢到西洲。」〔註76〕以「風吹夢」描繪癡情女子的等待與企盼，「南風知我意」以擬人手法呈現。

〔註71〕六臣註：《六臣註文選》上冊，頁537。

〔註72〕（宋）郭茂倩編撰：《樂府詩集》（台北：里仁書局，1981年），頁365。

〔註73〕（宋）郭茂倩編撰：《樂府詩集》頁443。

〔註74〕（宋）郭茂倩編撰：《樂府詩集》頁610。

〔註75〕（宋）郭茂倩編撰：《樂府詩集》頁977。

〔註76〕（宋）郭茂倩編撰：《樂府詩集》頁1027。

　　樂府歌謠的「風」意象顯得活潑有變化，無論是內涵或是藝術手法相當多樣化，也展現了地方風情。

四、古詩十九首

　　《古詩十九首》大抵是建安以前，東漢末年的作品，作者多不可考，可能是民間文人的創作。它擺脫禮教，走向抒情，成為東漢五言詩的代表作品。李白亦著力於古詩的創作，有詩古風五十九首。《古詩十九首》的兩大主題：男女相思及人生苦短，也經常出現在李白詩中。此處即以《古詩十九首》出現「風」字詩作探討。

（一）男女相思

　　在男女相思的主題裡，以「北風」、「涼風」代表天氣變冷了，觸覺的感受引發人孤單、寂寞、淒涼之感，進而興起對遠方的人的關懷與相思。如〈凜凜歲云暮〉：〔註77〕

> 凜凜歲云暮，螻蛄夕鳴悲。涼風率已厲，游子寒無衣。錦衾遺洛浦，同袍與我違。獨宿累長夜，夢想見容輝。良人惟古歡，枉駕惠前綏。願得常巧笑，攜手同車歸。既來不須臾，又不處重闈。亮無晨風翼，焉能凌風飛？眄睞以適意，引領遙相睎。徒倚懷感傷，垂涕沾雙扉。〔註78〕

寒冷的歲末，「涼風」（冷風）凜冽刺人，遙想那遊子旅居在外而無衣禦寒。婚後不久，良人便遠離家鄉。只恨自己沒有雙翼，因此不能凌風飛到良人的身邊。《詩經・秦風・晨風》：「鴥彼晨風，鬱彼北林。未見君子，憂心欽欽。」寫一女子苦心等待一位男子，而對方恐怕已忘了她。此處用這個典故含有深意。「晨風」是一種善於飛行的鳥，她希望自己能像「晨風」展翅高飛，駕著風，渡越空間的阻隔與丈夫相聚。又如〈孟冬寒氣至〉：

> 孟冬寒氣至，北風何慘慄。愁多知夜長，仰觀眾星列。三五明月滿，四五蟾兔缺。客從遠方來，遺我一書箚。上言

〔註77〕六臣註：《六臣註文選》上冊，頁543。
〔註78〕六臣註：《六臣註文選》上冊，頁543。

> 長相思，下言久離別。置書懷袖中，三歲字不滅。一心抱
> 區區，懼君不識察。〔註79〕

「北風」，冬季寒風。農曆十月，寒氣逼人，「北風」多麼凜冽。女主
人在漫長的夜晚，擡頭仰望星空。收到對方來信表達相思情意和別離
痛苦，小心翼翼把信收藏在懷袖裏保存，即使經過了三年，字跡仍不
曾磨滅。表現對這份感情的堅貞不移，而又怕對方不能夠了解。而〈西
北有高樓〉：

> 西北有高樓，上與浮雲齊。交疏結綺窗，阿閣三重階。上
> 有弦歌聲，音響一何悲！誰能爲此曲，無乃杞梁妻。清商
> 隨風發，中曲正徘徊。一彈再三嘆，慷慨有余哀。不惜歌
> 者苦，但傷知音稀。願爲雙鴻鵠，奮翅起高飛。〔註80〕

「風」在此詩爲傳遞樂音的媒介。藉由「風」將表達內心悲痛的樂音
飄發，表達希望獲得知音，並與對方化作心心相印的鴻鵠，從此結伴
高飛，去遨遊那無限廣闊的藍天白雲裡！此外，〈行行重行行〉：

> 行行重行行，與君生別離。相去萬餘里，各在天一涯。道
> 路阻且長，會面安可知？胡馬依北風，越鳥巢南枝。相去
> 日已遠，衣帶日已緩，浮雲蔽白日，遊子不顧返，思君令
> 人老，歲月忽已晚。棄捐勿復道，努力加餐飯。〔註81〕

雖然表達相同主題，但詩句「胡馬依北風，越鳥巢南枝。」中的「北
風」借指「故鄉」，著重風的「方位」，與「北風何慘慄」的「北風」
著重寒冷凜冽的意象，意義是不同的。

（二）人生苦短

在中國的季風區，風向的變化代表季節的變化，季節的變化代表
著時光的流逝，東漢末年，戰亂不斷，加以人生無常，詩人眼見一季
又過去了，不禁感嘆人生苦短，應及時行樂。如〈東城高且長〉：

> 東城高且長，逶迤自相屬。回風動地起，秋草萋已綠。四

〔註79〕六臣註：《六臣註文選》上冊，頁543。
〔註80〕六臣註：《六臣註文選》上冊，頁540。
〔註81〕六臣註：《六臣註文選》上冊，頁539。

時更變化，歲暮一何速！晨風懷苦心，蟋蟀傷局促。蕩滌
放情志，何爲自結束！燕趙多佳人，美者顏如玉。被服羅
裳衣，當戶理清曲。音響一何悲！弦急知柱促。馳情整巾
帶，沉吟聊躑躅。思爲雙飛燕，銜泥巢君屋。〔註82〕

「回風」即旋風。當秋天到來，四時變化，人生實在短促，空曠地方
吹起「回風」（旋風），使蔥綠的草野變得淒淒蒼蒼。鷿鳥與蟋蟀也因
寒秋降臨而傷心哀鳴。面對此景不如尋求生活的樂趣，找尋知音，與
佳人成爲愛侶。又如〈迴車駕言邁〉：

迴車駕言邁，悠悠涉長道。四顧何茫茫，東風搖百草。所
遇無故物，焉得不速老。盛衰各有時，立身苦不早。人生
非金石，豈能長壽考？奄忽隨物化，榮名以爲寶。〔註83〕

「東風」爲春天所吹拂的風，能助長萬物，但轉眼而過。此詩寫轉迴
車子駛向遠方，路途遙遠難以到達。四野廣大無邊，「東風」吹拂野
草，原本是欣欣向榮，充滿生機。但詩人卻聯想到人生就像草一樣很
快由盛而衰，生命是脆弱而短暫的，應立刻進取保得聲名與榮祿。又
如〈去者日以疏〉：

去者日以疏，生者日已親。出郭門直視，但見丘與墳。古
墓犁爲田，松柏摧爲薪。白楊多悲風，蕭蕭愁殺人！思還
故里閭，欲歸道無因。〔註84〕

「悲風」即秋風，秋風一吹，百物凋零，故言悲。死去的人，印象逐
漸模糊。新生的一輩，愈來愈親切。走出郭門，看到遍野古墓，萌起
了生死存亡之痛。「悲風」（秋風）蕭蕭吹著，內心淒苦，想要歸返故
里，與家人團聚。此處「悲風」眞是涼透了心徹。

五、魏晉南北朝詩

　　唐詩雖然是我國古典詩歌發展的巔峰，但並不是突起的，而是常
期發展的結果。尤其是李白受到魏晉南北朝詩人的影響甚鉅。〈宣州

〔註82〕六臣註：《六臣註文選》上冊，頁541。
〔註83〕六臣註：《六臣註文選》上冊，頁542。
〔註84〕六臣註：《六臣註文選》上冊，頁542。

謝朓樓餞別校書叔雲〉:「蓬萊文章建安骨,中間小謝又清發。」展現對這個時代詩人的欽羨。阮廷瑜言及李白與曹子建說:「二人之詩確乎頗多相似:既善於發端,亦思速而工。且每富情態,秀色可餐。」〔註85〕又說李白詩「調似子建」、「語出淵明」、「摹擬謝朓」、「本於鮑照」。〔註86〕王文進〈論李白詩中「謝靈運」、「謝朓」、與「陶淵明」的排列次序〉一文說:「面對陶淵明,李白多著墨於其飲酒豪情與不慕榮利之精神境界;至於對待謝靈運,則主要在寬慰自己不遇的痛苦與仕隱掙扎的情緒;謝朓則單純地從文學技巧落筆。」〔註87〕本文則從這五位詩人詩歌作品淺析「風意象」的運用。

(一)曹植

建安時期,在離亂的生活背景下,人的自覺增強,詩作除了表達對人生無常的感傷與無奈,也反映社會的殘破與人民痛苦,風格慷慨悲涼。曹植可說是這時期的代表詩人,前期作品多宴飲酬答之作,有時流露人生短促,及時行樂的思想,後期由於與兄曹丕爭位失敗,幾經遷移,又骨肉相殘只求倖存,作品無不悲涼激越。在「風」意象的運用上多遣悲懷。「悲風」一詞就出現六次之多:

1. 高臺多悲風〈雜詩七首其一〉〔註88〕
2. 江介多悲風〈雜詩七首其五〉〔註89〕
3. 悲風動地起〈雜詩〉〔註90〕
4. 悲風鳴我側〈贈王粲〉〔註91〕

〔註85〕阮廷瑜:《李白詩論》,頁198。

〔註86〕阮廷瑜:《李白詩論》,頁183。

〔註87〕王文進:〈論李白詩中「謝靈運」、「謝朓」、與「陶淵明」的排列次序──兼論「二謝」與「陶謝」並稱的結構基礎〉陳維德、韋金滿、薛雅文主編:《唐宋詩詞研究論集》(彰化:明道大學國學研究所,2008年6月,初版),頁199。

〔註88〕逯欽立編:《先秦漢魏晉南北朝詩》(北京:中華書局,1983年),頁456。

〔註89〕逯欽立編:《先秦漢魏晉南北朝詩》,頁457。

〔註90〕逯欽立編:《先秦漢魏晉南北朝詩》,頁458。

5. 悲風來入帷〈浮萍篇〉〔註92〕

6. 高樹多悲風〈野田黃雀行〉〔註93〕

似乎耳目所及盡是「悲風」，充份展現曹植的悲苦抑鬱。除此，曹植善用「風」吹「飛蓬」，「風」吹「浮萍」來比喻自己輾轉流離，有家歸不得，身不由己的悲哀。如〈吁嗟篇〉：「吁嗟此轉蓬，居世何獨然，……卒遇回風起，吹我入雲閒，自謂終天路，忽然下沉泉。」〔註94〕及〈浮萍篇〉：「浮萍寄情水，隨風東西流」〔註95〕。

（二）陶淵明

陶淵明是我國極重要，也是少數躬耕並以此為生田園詩人，他的詩語言質樸卻流露機趣。在他的詩中，「風」是大自然的一部份，而且以正面意義為多，如：

1. 和風清穆〈勸農〉〔註96〕

2. 晨風清興〈歸鳥〉〔註97〕

3. 晨色奏景風〈五月旦作和戴主簿〉〔註98〕

4. 凱風因時來〈和郭主簿二首其一〉〔註99〕

5. 冷風送餘善〈癸卯歲始春懷古田舍二首其一〉〔註100〕

6. 含薰待清風〈飲酒其十七〉〔註101〕

7. 風雪送餘運〈蠟日〉〔註102〕

8. 春風扇微和〈擬古九首其七〉〔註103〕

〔註91〕逯欽立編：《先秦漢魏晉南北朝詩》，頁451。
〔註92〕逯欽立編：《先秦漢魏晉南北朝詩》，頁424。
〔註93〕逯欽立編：《先秦漢魏晉南北朝詩》，頁425。
〔註94〕逯欽立編：《先秦漢魏晉南北朝詩》，頁423。
〔註95〕逯欽立編：《先秦漢魏晉南北朝詩》，頁424。
〔註96〕逯欽立編：《先秦漢魏晉南北朝詩》，頁969。
〔註97〕逯欽立編：《先秦漢魏晉南北朝詩》，頁974。
〔註98〕逯欽立編：《先秦漢魏晉南北朝詩》，頁977。
〔註99〕逯欽立編：《先秦漢魏晉南北朝詩》，頁978。
〔註100〕逯欽立編：《先秦漢魏晉南北朝詩》，頁994。
〔註101〕逯欽立編：《先秦漢魏晉南北朝詩》，頁1000。
〔註102〕逯欽立編：《先秦漢魏晉南北朝詩》，頁1003。

9. 好風與之俱〈讀山海經其一〉〔註104〕

展現田園生活「草榮識節和，木衰知風屬」〈桃花源詩〉〔註105〕和諧氛圍。然而後來遭大火，處境艱難，貧病交侵，難掩悲憤。〈戊申歲六月中遇火〉：「正夏長風急，林室頓燒燔。」〔註106〕〈怨詩楚調示龐主簿鄧治中〉：「風雨縱橫至，收斂不盈廛。」〔註107〕從詩人半生的艱難遭遇出發，對天道鬼神提出質疑，與前面所寫清和之風顯然有所轉變。

（三）謝靈運

謝靈運一生寫了大量的山水風景詩，他廣遊山水，觀察自然景物細膩入微，寫景狀物，不僅能把握景色特點，而且往往含蓄巧妙地襯托出人的內心情緒，情景交融。他的樂府詩，「風」意象的使用較多，山水詩則使用較少，多爲景的一部分。如名作〈登池上樓〉寫詩人久病初起，登樓眺望，發現物換星移，冬去春來，觸景動情，抒發政場失意，以及對隱退的嚮往。詩中有句「初景革緒風，新陽改故陰。池塘生春草，園柳變鳴禽。」〔註108〕藉季節交替，景換物改，寫猛然覺知自己臥病，與外界隔絕甚久。尤其後兩句更是傳誦不絕。此詩的「緒風」乃指冬之餘風，點出冬去春來的季節交替。〈田南樹園激流植援〉一詩寫於退隱之後，「清曠招遠風」〔註109〕透露田園自得的樂趣。

詩《歲暮》則抒情意味濃厚。謝靈運雖出身豪門，但一生並不順利，此詩是作者於歲暮之夜的平生回顧。「明月照積雪，朔風勁且哀。」〔註110〕寫明月皎皎照著皚皚白雪，「北風」強勁哀號，內心孤寂而悲涼。

〔註103〕逯欽立編：《先秦漢魏晉南北朝詩》，頁1005。
〔註104〕逯欽立編：《先秦漢魏晉南北朝詩》，頁10103。
〔註105〕逯欽立編：《先秦漢魏晉南北朝詩》，頁985。
〔註106〕逯欽立編：《先秦漢魏晉南北朝詩》，頁995。
〔註107〕逯欽立編：《先秦漢魏晉南北朝詩》，頁976。
〔註108〕逯欽立編：《先秦漢魏晉南北朝詩》，頁1161。
〔註109〕逯欽立編：《先秦漢魏晉南北朝詩》，頁1172。
〔註110〕逯欽立編：《先秦漢魏晉南北朝詩》，頁1181。

（四）鮑照

鮑照出身寒微，一生沉浮於下僚。詩存二百首，一半爲樂府，風格以俊逸見長。在他的詩作中大量使用「風」意象，與李白一樣，「風」字詩約佔百分之四十。〈代東門行〉：「野風吹草木，行子心腸斷。」〔註111〕寫詩人每當看到秋風颯颯，草木凋落，禁不住興起思歸的念頭。〈代出自薊北門行〉：「疾風沖塞起，沙礫自飄揚。」〔註112〕出色地描繪「狂風」四起，飛沙走石邊塞風光。〈擬行路難其三〉：「春燕差池風散梅，開幃對景弄春爵。」〔註113〕寫初春燕兒比翼雙飛，「春風」中梅花散落，春意盎然，而閨中少婦卻孤寂索漠。〈梅花落〉：「搖蕩春風媚春日，念爾零落逐寒風，徒有霜華無霜質！」〔註114〕譏刺雜樹於「春風」中逞奇顯能，但一遇「寒風」即凋零，其美形於外而未形於內。〈潯陽還都道中作詩〉：「鱗鱗夕雲起，獵獵晚風遒。」〔註115〕寫旅途中的江上晚景，「獵獵」形容「風聲」，「晚」點出時間，「遒」則指風很強勁。〈擬古其六〉：「朔風傷我肌，號鳥驚思心。」〔註116〕寫窮困的農夫，寒冷的「北風」侵入他們的肌膚，飛鳥的哀鳴驚動他們，引發悲傷情緒。充滿對下層人民痛苦的同情。「風」在鮑照詩中呈現多種樣貌，意象豐富。

（五）謝朓

劉宋及蕭齊王室的權位鬥爭，常使一些文人因此受害。從小目睹宗室慘烈屠殺造成謝朓怯懦膽小，敏感退縮。爲了避禍，他曾告發岳父王敬反齊，謝妻爲此懷刀欲向謝朓報復。想要躲避政爭，想歸隱山林，卻欲走還留，最後還是死於非命，下獄而亡，年三十六。他的山

〔註111〕逯欽立編：《先秦漢魏晉南北朝詩》，頁1258。
〔註112〕逯欽立編：《先秦漢魏晉南北朝詩》，頁1262。
〔註113〕逯欽立編：《先秦漢魏晉南北朝詩》，頁1274。
〔註114〕逯欽立編：《先秦漢魏晉南北朝詩》，頁1278。
〔註115〕逯欽立編：《先秦漢魏晉南北朝詩》，頁1291。
〔註116〕逯欽立編：《先秦漢魏晉南北朝詩》，頁1296。

水詩精密細緻，格律整齊，時露哀音。「風」意象的運用不掩其悲懷。

〈直中書省〉：「紫殿肅陰陰，彤庭赫弘敞。風動萬年枝，日華承露掌。……安得凌風翰，聊恣山泉賞。」〔註 117〕此詩寫自己任職中書省時的心情感受。身在華貴無比的宮禁中，充滿「肅陰陰」的氣息，即使萬年的枝葉當風搖曳，承露仙人掌映照著燦爛陽光，敏感的詩人卻感到無形的強大壓力讓自己無法喘息，而想要「凌風翰」自由飛翔，寄情於山水。

〈落日悵望〉：「借問此何時，涼風懷朔馬。已傷歸暮客，復思離居者。」〔註 118〕結束繁忙的一天，欣賞黃昏景致，卻勾起思鄉愁緒。「涼風」不但引發詩人對歲月流逝的感知而問「此何時？」也興起故鄉懷念之思，引用了古詩十九首「胡馬依北風，越鳥巢南枝」的典故。而「傷」、「客」、「思」、「離」四字已把「悵望」的心情表露無遺。

〈奉和隨王殿下其十四〉：「分悲玉瑟斷，別緒金樽傾。風入芳帷散，缸華蘭殿明。」〔註 119〕這是一首贈別詩，作於荊州隨王府。「風入」二句點出餞別的時間、地點、環境和氣氛。輕柔的帳幕在夜風輕拂下飄散，大殿燈火通明，反襯離別愁緒。〈奉和隨王殿下其十五〉：「年華豫已滌，夜艾賞方融。新萍時合水，弱草未勝風。」〔註 120〕此詩則描寫在荊州獲隨王蕭子隆賞愛，與文士好友於府中通宵歡聚情景。「弱草未勝風」除了點明時令，禮讚春光，「風」亦喻指隨王恩澤無邊，享用不盡。

綜合言之，謝朓一生有如他在〈蒲生行〉詩所說：「蒲生廣湖邊，託生洪波側」、「根葉從風浪，常恐不永植。」〔註 121〕充滿朝不慮夕的憂懼感。

〔註 117〕逯欽立編：《先秦漢魏晉南北朝詩》，頁 1431。
〔註 118〕逯欽立編：《先秦漢魏晉南北朝詩》，頁 1433。
〔註 119〕逯欽立編：《先秦漢魏晉南北朝詩》，頁 1446。
〔註 120〕逯欽立編：《先秦漢魏晉南北朝詩》，頁 1446。
〔註 121〕逯欽立編：《先秦漢魏晉南北朝詩》，頁 1417。

第三節　小　結

　　《詩經》中的「風」，多以起興手法呈現，透露先民對大自然所存在的恐懼感，大風，立足於現實生活，常帶來傷害，使得風一起即聯想到災難與不幸。《楚辭》的「風」常是脫離現實生活，成為超脫塵世污濁的憑藉，也是詩人舒發情志的依托，在神仙幻想的世界中更是不可缺的一角。樂府民歌的「風」生動活潑，無論是內容或藝術手法的展現，都承現多樣面貌，尤其是「春風」的人性化寫法，對後人影響甚遠。《古詩十九首》的「風」則在男女相思與人生短促兩大主題下展現時令更迭，歲月匆匆，變化無常的面貌。魏晉南北朝在恐怖殘忍的政爭下，詩人懷有朝不保夕的憂懼感，「悲風」籠罩，呈現悲涼的時代氛圍，即使想隱居山林也擺脫不了離亂的痛苦，只有在陶潛的田園詩見到與大自然怡然相處的「清風」、「和風」。而在「風」意象的辭彙運用明顯比前人多，尤其是鮑照，大量的「風」字詩擴展「風」意象的運用。

　　李白之前的「風」意象可說偏於悲情，但到了李白除了繼承前人的「風」意象的內涵與藝術手法，也開拓新的「風」貌，或悲涼悽側，或氣勢雄偉，或委婉多情，而狂放不羈，包羅萬象的風格更展現唯有在盛唐的時代背景下才能蘊育出的「大唐之風」，其「風」字詩的數量無人能及，在辭彙的使用上非常豐富，高達 52 種之多。〔註122〕可說將「風」意象發揮淋漓盡致。

〔註122〕請參見附錄一。

第三章　風在李白生平中的意義

　　李白，字太白，盛唐時期浪漫派的代表詩人。大部份學者相信，李白應生於武后長安元年（西元 701 年），卒於代宗寶應元年（西元 762 年），享年六十二歲。[註1] 主要活動於玄宗、肅宗兩朝，是唐朝由盛而衰的轉折時期。唐朝經過太宗的貞觀之治與玄宗的開元之治讓唐帝國達於鼎盛。不但讓身逢盛世的知識份子感到光榮，更激發許多人的雄心壯志。李白也深深受到這種時代氛圍的影響，他從不掩飾自己從政的渴望，也不放棄任何求官的機會，一生都在爲此奮鬥。

　　李白的人生也反映在詩歌意象運用上，在他的詩歌裡使用最多的意象是「風」和「月」，如果說「月」代表李白追求的理想，「風」則代表李白的現實人生。不同於「月」高高掛於天上，「風」耳得之而爲聲，目遇之而成色，隨時隨地可感，貫串李白的一生，居廟堂之高時有「風」；處江湖之遠時有「風」，春風得意時有「風」；窮途潦倒時亦有「風」，伴隨著李白喜怒哀樂及人生的起伏。本章參考郁賢皓的分期 [註2]，將李白生平分成四個時期：思想發軔時期、追求功業時期、奉詔入京時期、欲用無路時期，探討李白在各時期如何以「風」抒情，並於第一節敘述李白的身世背景。

〔註 1〕　參見施逢雨：《李白生平新探》（台北：臺灣學生書局，1999 年 8 月，初版），頁 6。

〔註 2〕　參見郁賢皓：《天上謫仙人的秘密－李白考論集》（台北：臺灣商務印書館，1997 年 6 月，初版），頁 353～375。

第一節　身世背景

李白的籍貫，一千多年來一直沒有定論。原因在於記載李白身世的資料似是而非，彼此衝突，表面上具有相當權威性，卻無法給我們確切的答案。以下是關於李白身世的幾種說法：

（一）隴西成紀

1. 李白〈上韓荊州書〉自稱：「白，隴西布衣」〔註3〕，又〈贈張相鎬詩〉中云：「本家隴西人。」〔註4〕

2. 李陽冰〈草堂集序〉曰：「李白，字太白，隴西成紀人，涼武昭王暠九世孫。蟬聯珪組，世為顯著。中葉非罪，謫居條支，易姓為名。然自窮蟬至舜，七世為庶，累世亦不大曜。亦可歎焉。」〔註5〕

3. 范傳正〈唐左拾遺翰林學士李公新墓碑〉曰：「公名白，字太白，其先隴西成紀人。絕嗣之家，難求譜諜。公之孫女搜於箱篋中，得公之亡子伯禽手疏十數行，紙壞字缺，不能詳備。約而計之，涼武昭王九代孫也。隋末多難，一房被竄於碎葉，流離散落，隱易姓名。故自國朝以來，漏於屬籍。神龍初，潛還廣漢，因僑為郡人。」〔註6〕

4. 魏顥〈李翰林集序〉：「白本隴西，乃放形因家于綿。身既生蜀，則江山英秀。」〔註7〕

（二）山東

1. 李白〈寄東魯二稚子〉：「我家寄東魯，誰種龜陰田？」〔註8〕

〔註 3〕詹鍈主編：《李白全集校注彙釋集評》（天津：百花文藝出版社，1996年 12 月一版），頁 4018。

〔註 4〕詹鍈主編：《李白全集校注彙釋集評》，頁 1617。

〔註 5〕安旗、薛天緯、閻琦、房日晰：《李白全集編年注釋》下冊，附錄三，頁 2113。

〔註 6〕安旗、薛天緯、閻琦、房日晰：《李白全集編年注釋》下冊，附錄二，頁 2103。

〔註 7〕安旗、薛天緯、閻琦、房日晰：《李白全集編年注釋》下冊，附錄三，頁 2115。

〔註 8〕詹鍈主編：《李白全集校注彙釋集評》，頁 1983。

又〈送蕭三十一之魯中兼問稚子伯禽〉：「我家寄在沙邱傍，三年不歸空斷腸。」〔註9〕

　　2. 杜甫〈薛端薛復簡薛華醉歌〉：「近來海內爲長句，汝與山東李白好。」〔註10〕

　　3. 劉昫〈舊唐書文苑列傳〉：「李白，字太白，山東人。」〔註11〕

（三）金陵

　　1. 李白〈上安州裴長史書〉：「白，本家金陵，世爲右姓，遭沮渠蒙遜難，奔流咸秦，因官寓家，少長江漢。」〔註12〕

　　王琦認爲：「學者多疑太白爲山東人，匡山爲框廬，皆非也。」〔註13〕黃錫珪：「太白年四十一。春間由安陸往山東，寓家魯郡兗州東門內。」〔註14〕山東應爲李白寄居之所。至於「本家金陵」之說明顯與其它說法矛盾，不可信，從李白其它詩文中可知金陵亦爲寄寓之地。故第一種說法「隴西成紀」似較可靠，然李白家提不出譜牒，「隴西成紀」之說缺乏可靠的證據，又唐朝常見冒姓之事，使得學者對此仍然存疑。〔註15〕

　　李白〈上安州裴長史書〉：「世爲右姓，遭沮渠蒙遜難。」〔註16〕李陽冰〈草堂集序〉、范傳正〈唐左拾遺翰林學士李公新墓碑〉皆言李白爲涼武昭王暠九世孫。先世因罪被貶至西域（碎葉、條支），易姓爲名，神龍初始還內地，客居于蜀。然而李暠遠祖是「隴西狄道李」

〔註9〕詹鍈主編：《李白全集校注彙釋集評》，頁 2463。

〔註10〕安旗、薛天緯、閻琦、房日晰：《李白全集編年注釋》下冊，附錄四，頁 2164。

〔註11〕安旗、薛天緯、閻琦、房日晰：《李白全集編年注釋》下冊，附錄二，頁 2108。

〔註12〕詹鍈主編：《李白全集校注彙釋集評》，頁 4027。

〔註13〕安旗、薛天緯、閻琦、房日晰：《李白全集編年注釋》下冊，附錄一，頁 2071。

〔註14〕黃錫珪：《李太白年譜》（台北：學海出版社，1980 年 8 月，初版），頁 11。

〔註15〕參見施逢雨：《李白生平新探》，頁 28～59。

〔註16〕詹鍈主編：《李白全集校注彙釋集評》，頁 4025。

而非李白自述「隴西成紀李」，故學者多疑爲僞託。施逢雨認爲：依李陽冰說法，李白是李暠的九世孫，然而李白本人在與唐宗室及隴西李氏成員交游時從未嚴格維持這一點。當時人在嚴肅論及家世族望時，可能需要提出可靠的譜牒作根據，李白提不出這類權威，因此提出這個說法以圖自解。〔註17〕張書誠指出李白僞託「涼武昭王暠九世孫」的眞正目的有三點：確認自己是中原漢族後裔；確認自己是隴西成紀李斌九世孫；確認自己是隴西成紀李廣的二十五代孫。〔註18〕

　　常期以來研究李白的學者無不著力於李白的身世背景及生平，但結果往往是各家說法不一，莫衷一是，這當然和史料的缺乏及李白本身刻意隱瞞有關，但從另一方面來看，歷代道家人物有一共同的特性，就是生平撲朔迷離，後人無從得知，像老子、莊子。自然，受過道籙的李白擁有像「風」難以捉摸的謎樣身世也就不足爲奇。

第二節　思想發軔時期

　　從神龍元年（705），李白五歲舉家遷居至蜀，直到開元十五年（727）第一次結婚，是李白的青少年時期，也是他的思想發軔期，本節以離蜀爲界，分成兩部份來探討此時的李白。

一、蜀中生活（神龍元年（705），五歲，至開元十二年（724），二十四歲）

　　根據李陽冰及范傳正的說法，李家於神龍之始（初）也就是唐中宗神龍元年（705 年）重返內地，定居蜀地後李白出生，父指著李樹恢復李姓，但這種說法顯然與李白出生於長安元年（701 年）矛盾，因此關於李白的出生地有兩種說法：一是否定李家於唐中宗神龍元年

〔註17〕參見施逢雨：《李白生平新探》，頁 49〜57。
〔註18〕參見張書誠：《李白家世之謎》（甘肅：蘭州大學出版社，2000 年，初版），頁 13〜14。

（705 年）重返內地，認為李白出生於蜀地；一是認為李白出生於西
域，五歲時返回蜀地。蜀地即蜀之綿州彰明縣青蓮鄉。李白之父以客
為名，過著「高臥雲林，不求祿仕」〔註 19〕的生活，李白曾自言「散
金三十餘萬」〈上安州裴長史書〉〔註 20〕，雖有些誇口，但可見家境
頗富裕。但身為「客」之子的李白卻因此注定與「科舉」無緣，只能
尋求其他晉身之路。〔註 21〕

　　李白的童年即展開廣泛的學習，自言「五歲誦六甲，十歲觀百家」
〔註 22〕〈上安州裴長史書〉、「十五觀奇書」〈贈張相鎬〉〔註 23〕，喜
歡劍術，好縱橫之術。自言「十五好劍術」〈上韓荊州書〉〔註 24〕、「結
髮未識事，所交盡豪雄。怯秦不受賞，救趙寧為功！托身白刃裏，殺
人紅塵中。當朝揖高義，舉世欽英風」〈贈從兄襄陽少府皓〉〔註 25〕，
魏顥〈李翰林集序〉說他「少任俠，手刃數人」〔註 26〕，劉全白〈唐
故翰林學士李君碣記〉說他「少任俠，不事生產」〔註 27〕，范傳正
〈唐左拾遺翰林學士李公新墓碑〉說他「少以俠自任，而門多長者
車」〔註 28〕。郁賢皓認為李白之所以青少年時代就形成任俠思想，
與時代環境有很大關係，游俠之風在唐代尤其在蜀中是很盛的，又
西域少數民族尚武精神較強，性格比較豪爽也影響了李白。還有與任

〔註 19〕安旗、薛天緯、閻琦、房日晰：《李白全集編年注釋》下冊，附錄
　　　　二，頁 2103。
〔註 20〕詹鍈主編：《李白全集校注彙釋集評》，頁 1617。
〔註 21〕參見松浦友久：《李白的客寓意識及其詩思—李白評傳》（北京：中
　　　　華書局，2001 年 10 月，一版），頁 79～82。
〔註 22〕詹鍈主編：《李白全集校注彙釋集評》，頁 4025。
〔註 23〕詹鍈主編：《李白全集校注彙釋集評》，頁 1617。
〔註 24〕詹鍈主編：《李白全集校注彙釋集評》，頁 4016。
〔註 25〕詹鍈主編：《李白全集校注彙釋集評》，頁 1258。
〔註 26〕安旗、薛天緯、閻琦、房日晰：《李白全集編年注釋》下冊，附錄
　　　　三，頁 2114。
〔註 27〕安旗、薛天緯、閻琦、房日晰：《李白全集編年注釋》下冊，附錄
　　　　二，頁 2102。
〔註 28〕安旗、薛天緯、閻琦、房日晰：《李白全集編年注釋》下冊，附錄
　　　　二，頁 2103。

俠有氣的趙蕤來往甚密也有關係。〔註29〕趙蕤是梓州人（地近綿州），比李白年長，以擅長「王霸之道」為人所知，屢徵不仕。

除了任俠，李白也感染了濃厚道教神仙思想，自言「十五好神仙，仙遊未曾歇」〈感興八首之五〉〔註30〕，〈訪戴天山道士不遇〉表明他與道士很早就有交往，「蜀國多仙山，峨眉邈難匹……儻逢騎羊子，攜手凌白日。」〈登峨眉山〉〔註31〕希望在仙山遇見仙人一起邀遊，表明對遊仙興致很濃。亦曾過著隱居生活，自言：

> 與逸人東巖子隱於岷山之陽。白巢居數年，不跡城市。養奇禽千計，呼皆就掌取食，了無驚猜。廣漢太守聞而異之，詣盧親睹，因舉二人以有道，并不起，此則白養高忘機，不屈之跡也。〈上安州裴長史書〉〔註32〕

唐代有一特殊現象：隱逸之士多為道士，往往得到統治者的優寵禮遇，於是當時有不少知識份子想通過隱逸道路達到仕宦的目的，稱之曰「終南捷徑」。李白很早就受到這種風氣的影響，李白把這次隱逸生活說成是「養高忘機之跡」，無非是抬高身價的一種說法。在他心中魯仲連才是榜樣，魯仲連是戰國時代專為別人排解糾紛困難的人物，他「却秦不受賞，救趙寧為功。」既是俠義之士，又為功成身退的隱逸之士。李白在〈俠客行〉中說：「事了拂衣去，深藏身與名。」〔註33〕這是結合儒、道的最高理想。

值得一提的是，開元九年（721），李白二十一歲，〔註34〕禮部尚書蘇頲出任益州長史，李白於路中投刺，頲待以布衣之禮，並對羣僚稱贊李白：「此子天才英麗，下筆不休，雖風力未成，且見專車之骨。若廣之以學，可以相如比肩。」〈上安州裴長史書〉〔註35〕說他

〔註29〕參見郁賢皓：《天上謫仙人的秘密－李白考論集》，頁355。
〔註30〕詹鍈主編：《李白全集校注彙釋集評》，頁3445。
〔註31〕詹鍈主編：《李白全集校注彙釋集評》，頁2943。
〔註32〕詹鍈主編：《李白全集校注彙釋集評》，頁4025。
〔註33〕詹鍈主編：《李白全集校注彙釋集評》，頁489。
〔註34〕參見郁賢皓：《天上謫仙人的秘密－李白考論集》，頁2～3。
〔註35〕詹鍈主編：《李白全集校注彙釋集評》，頁4025。

如果好好充實，將來可以與司馬相如媲美。

二、離蜀初期（開元十二年（724）至開元十五年（727））

　　李白離開蜀中究竟是什麼時候呢？王琦認爲是開元十三年秋
天，黃錫珪認爲是開元十四年秋天。而李白〈上安州裴長史書〉自言：

> 故知大丈夫必有四方之志，乃仗劍去國，辭親遠遊。南窮
> 蒼梧，東涉溟海。見鄉人相如大誇雲夢之事，云楚有七澤，
> 遂來觀焉。而許公家見招，妻以孫女，便憩跡於此，至移
> 三霜焉。〔註36〕

此書寫於李白三十歲，在此之前三年，李白二十七歲，來到安陸，而
到安陸之前已「南窮蒼梧，東涉溟海」，這個行程兩年之內是無法完
成的。又〈峨眉山月歌〉：「峨眉山月半輪秋，影入平羌江水流。夜發
清溪向三峽，思君不見下渝州。」〔註37〕故郁賢皓認爲李白是在開元
十二年（724）秋天離蜀。〔註38〕

　　開元十二年，李白「辭親遠遊」，從峨眉山出發，經渝州、向三
峽、下荊門，寫〈秋下荊門〉一詩：

> 霜落荊門江樹空，布帆無恙掛秋風。此行不爲鱸魚鱠，自
> 愛名山入剡中。〔註39〕

第一句寫天明水淨的秋景，第二句以顧愷之「布帆無恙」的典故說自
己一路平安，也期待未來一帆風順，既寫實亦寫意。而「秋風」吹拂
船帆，聯想到西晉吳人張翰在洛陽作官，見「秋風」起而想到故鄉的
蒓羹、鱸魚鱠，感歎說：「人生貴得適志耳，何能羈宦數千里，以要
名爵乎！」《世說新語・識鑒》〔註40〕遂辭官歸鄉的故事，聲明自己
的目的與張翰不同，自己是要遠離故鄉，而離開故鄉是爲了什麼？眞
是「自愛名山入剡中」嗎？張翰棄「名爵」而就「鱸魚鱠」，而與張

〔註36〕詹鍈主編：《李白全集校注彙釋集評》，頁4025。
〔註37〕詹鍈主編：《李白全集校注彙釋集評》，頁2943。
〔註38〕參見郁賢皓：《天上謫仙人的秘密──李白考論集》，頁7～11。
〔註39〕詹鍈主編：《李白全集校注彙釋集評》，頁3135。
〔註40〕劉義慶主編：《世說新語》（台北：藝文印書館），頁250。

翰不同的李白雖無明說自己就「名爵」而棄「鱸魚鱠」，但，一切已在不言中。

在江陵，李白遇見道士司馬承禎，司馬承禎誇李白「有仙風道骨，可與神遊八極之表。」〔註41〕因此寫了〈大鵬遇希有鳥賦〉。此賦以《莊子·逍遙遊》中之大鵬形象爲基礎，誇張鋪陳，極言大鵬宏偉氣勢、遠大志向及逍遙自由的精神。這是李白第一次以大鵬自比，也可以看出莊子追求自由之精神對李白產生巨大的影響。

李白後來又遊洞庭、南窮蒼梧；開元十三年夏，同行的蜀中友人吳指南死於洞庭之上，李白將他權殯於湖側，便到金陵，開元十四年春天由金陵到廣陵，〈金陵酒肆留別〉寫於此時：

風吹柳花滿店香，吳姬壓酒勸客嘗，金陵子弟來相送，欲行不行各盡觴。請君試問東流水，別意與之誰短長？〔註42〕

此詩寫在柳花飄絮的時節，江南的小酒店裏，金陵的朋友來送別，沒有離別的愁悵，只有痛快暢飲，情意深長。第一句「風吹柳花滿店香」，「風」將春天氣息及花香、酒香融合在一起，飄散在熱鬧酒店中。展現豪邁瀟灑的情懷。

開元十五年夏李白赴越中，東涉溟海，然後回舟西上，遊雲夢，途經襄陽，結識孟浩然，不久返安陸，與許圉師孫女結婚。

第三節　追求功業時期

從開元十五年（727），二十七歲到安陸，至天寶元年（742），四十二歲，是李白欲實踐政治理想，追求功業的時期。本節把這段時期分爲三個部份來討論。

一、入贅許府

開元十五年（727），故相許圉師以孫女妻之，李白於是留居在安

〔註41〕詹鍈主編：《李白全集校注彙釋集評》，頁3880。
〔註42〕詹鍈主編：《李白全集校注彙釋集評》，頁2184。

陸。關於這次婚姻，安旗認為李白是入贅許府，他說：

> 安州許府確屬高門望族，許相公之父許超，更是高祖李淵
> 之同學，封為安陸郡公。其後滿門簪纓，已近百年。藉其
> 餘蔭或可有利仕途，然入贅一事，卻未免有辱斯文。〔註43〕

李白在〈上安州裴長史書〉也透露這樣的訊息，他說：「而許相公家
見招，妻以孫女，便憩於此。」〔註44〕婚後的生活應該是愉快的，有
詩〈贈內〉戲道：「三百六十日，日日醉如泥。雖為李白婦，何異太
常妻？」〔註45〕宋長白《柳亭詩話》也說：

> 李白嘗作《長相思》樂府一章，末云「不信妾腸斷，歸來
> 看取明鏡前」，其妻從旁觀之曰：「君不聞武后詩乎？『不
> 信比來常下淚，開箱驗取石榴裙』。」太白爽然自失，此即
> 所謂相門女也。具此才情，故當與尋真，騰空為侶。第不
> 知嬌女平陽能繼林下風否？〔註46〕

此處的「妻」、「相門女」即許相公孫女。而此所言之詩〈長相思〉即：

> 日色欲盡花含煙，月明欲素愁不眠。趙瑟初停鳳凰柱，蜀
> 琴欲奏鴛鴦絃。此曲有意無人傳，願隨春風寄燕然。憶君
> 迢迢隔青天。昔時橫波目，今為流淚泉。不信妾腸斷，歸
> 來看取明鏡前。〔註47〕

這是一首擬古的樂府詩，郭茂倩《樂府詩集》列入「雜曲歌辭」，現
存歌辭多寫思婦之情，此詩也是寫女子懷念久戍不歸的丈夫。女子日
夜面對美麗的春景，無心賞玩，又輾轉難眠，於是撫弄琴瑟，希望寄
情的樂曲能藉著「春風」傳至位於迢迢千里之外燕然塞上的丈夫，只
怕丈夫不解。

　　婚後李白曾在附近幾處無名小山隱居過，開元十五年，他在安陸

〔註43〕安旗：《李太白別傳》（北京：人民文學出版社，2004 年 5 月，初版），
　　　　頁 26。
〔註44〕詹鍈主編：《李白全集校注彙釋集評》，頁 4025。
〔註45〕詹鍈主編：《李白全集校注彙釋集評》，頁 3728。
〔註46〕詹鍈主編：《李白全集校注彙釋集評》，頁 972。
〔註47〕詹鍈主編：《李白全集校注彙釋集評》，頁 406。

北壽山隱居，作〈代壽山答孟少府移文書〉表達熱切入世的思想及人生願景「功成身退」：

> 吾未可去也。吾與爾達則兼濟天下，窮則獨善一身……乃相與卷其丹書，匣其瑤瑟，申管晏之談，謀帝王之術，奮其智能，願爲輔弼，使寰區大定，海縣清一。事君之道成，榮親之義畢，然後與陶朱留侯，浮五湖，戲滄洲，不足爲難矣。〔註48〕

或許「曩昔東遊維陽，不逾一年，散金三十餘萬，有落魄公子，悉皆濟之。」〈上安州裴長史書〉〔註49〕，結果卻是「黃金散盡交不成」〈答王十二寒夜獨酌有懷〉〔註50〕、「功業莫從就」〈淮南臥病書懷寄趙徵君蕤〉〔註51〕，李白任俠仗義的行爲比較少了，而是期待走「終南捷徑」進入仕途，但似乎沒有成效。先是開元十七年（729）因酒醉未迴避李長史之乘駕，冒犯了官威，受到李長史的訓責，作〈上安州李長史書〉解釋誤撞乘駕之原由，深表歉意，以期解除誤會。並上詩三首，希其賞識薦拔。〔註52〕接下來，開元十八年（730）因遭人讒謗，故向安州裴長史上書自辯，作〈上安州裴長史書〉。書中自敍家世經歷，強調才高遭嫉、德潔被謗的不平遭遇，是了解李白的第一手材料。〔註53〕

二、初入長安

關於李白入長安的說法很多，依郁賢皓及郭沫若之見，李白一生曾二入長安。第一次在開元十八年；第二次是奉詔入京，在天寶元年。郁賢皓在〈李白初入長安事跡探索〉一文引郭沫若的兩點看法：一是〈與韓荊州書〉中說：「三十成文章，歷抵卿相，雖長不滿七尺，而

〔註48〕詹鍈主編：《李白全集校注彙釋集評》，頁3973。
〔註49〕詹鍈主編：《李白全集校注彙釋集評》，頁4025。
〔註50〕詹鍈主編：《李白全集校注彙釋集評》，頁2699。
〔註51〕詹鍈主編：《李白全集校注彙釋集評》，頁1886。
〔註52〕詹鍈主編：《李白全集校注彙釋集評》，頁3988。
〔註53〕詹鍈主編：《李白全集校注彙釋集評》，頁4025。

心雄萬夫，王公大人，許與氣義。」只有到西京才有可能。二是「飲中八仙」之一的蘇晉卒於開元二十二年，所以李白三十歲以前去過一次西京。並補充說：李白〈上安州裴長史書〉中提出希望裴長史能夠再接見一次，以便讓李白能當面陳述冤屈，並聲明如果裴長史不肯相見，反而「赫然作威，加以大怒，不許門下，逐之長途」，那麼李白決定：「再拜而去，西入秦海，一觀國風。永辭君侯，黃鵠舉矣！」決心離開安陸，到長安找出路。因此在開元十八年夏離開家，前往長安。〔註54〕

　　李白到長安後即隱居終南山，但並不是與世隔絕，相反的，活動非常頻繁。他結識崔宗之、裴十四，一起詩酒唱和。他在〈贈裴十四〉一詩說：「身騎白黿不敢度，金高南山買君顧。」〔註55〕顯現入長安，隱居終南山的目的。又與張垍兄弟交遊，還曾至玉眞公主別館作客。玉眞公主是睿宗第十女，當朝天子唐玄宗的妹妹。她在太極元年即出家爲道士。張垍是宰相張說的兒子，又是玄宗的女婿。可惜皆不願引薦，所以李白初入長安在政治上並無任何發展。於是他激憤寫下〈行路難其一〉：

> 金鐏清酒斗十千，玉盤珍羞直萬錢。停盃投筋不能食，拔劍四顧心茫然。欲渡黃河冰塞川，將登太行雪暗天。閒來垂釣坐溪上，忽復乘舟夢日邊。行路難，行路難，多岐路，今安在？長風破浪會有時，直挂雲帆濟滄海。〔註56〕

此詩學者多認爲是天寶年間所作，而郁賢皓則認爲此詩與〈蜀道難〉均是初入長安遭挫時所作。〔註57〕此詩除了寄寓功名難求，雖有美酒不能飲，雖有珍饈不能食，人生道路艱難，「大道如青天，我獨不得出」，然而「長風破浪會有時，直挂雲帆濟滄海。」引用《宋書·宗愨傳》的典故：「叔父炳高尙不仕。愨年少時，炳問其志。愨曰：『願

〔註54〕參見郁賢皓：《天上謫仙人的秘密-李白考論集》，頁31～35。
〔註55〕詹鍈主編《李白全集校注彙釋集評》，頁1355。
〔註56〕詹鍈主編《李白全集校注彙釋集評》，頁391。
〔註57〕參見郁賢皓：《天上謫仙人的秘密-李白考論集》，頁43～46、361。

乘長風，破萬里浪。』」〔註58〕表示最後，還是充滿自信，將來必有遠大前程。應時《李詩緯》卷一：「太白縱作失意之聲，亦必氣概軒昂。」〔註59〕縱使要離開長安，仍信「東山高臥時起來，欲濟蒼生未應晚。」〈梁園吟〉

　　開元二十一年，李白應元丹丘邀請，赴嵩山隱居，結識元演，往來洛陽、襄漢，安陸之間，曾至隨州訪問道士胡紫陽。有詩〈元丹丘歌〉，歌詠元丹丘：「身騎飛龍耳生風，橫河跨海與天通。」在洛陽，李白度過了多天，迎接開元二十二年的春天，並留下許多詩篇，如〈洛陽陌〉、〈古風〉其十八，及著名的〈春夜洛城聞笛〉：

　　　誰家玉笛暗飛聲，散入春風滿洛城。此夜曲中聞折柳，何
　　　人不起故園情。〔註60〕

在洛陽春天寧靜的夜晚，笛聲吹奏著一支飽含離別愁緒的「折楊柳」，隨著溫柔的「春風」飛遍了整個洛城，飛進遠離家鄉的詩人耳裏。

　　同年，到襄陽干謁韓朝宗，寫了著名的〈上韓荊州書〉，還是未能得到識拔，曾過著飲酒狎妓的生活。〈襄陽歌〉：「百年三萬六千日，一日須傾三百杯。」、「清風朗月不用一錢買，玉山自倒非人推。」〔註61〕詩中表現出對功名富貴的蔑視，也流露了人生無常，及時行樂的思想情緒，因此面對「清風朗月」，良辰美景當前，何不盡情酣飲，笑看人生呢？但無論是隱居訪道還是痛飲狂歌，〈將進酒〉一詩還是深信：「天生我材必有用，千金散盡還復來。」〔註62〕開元二十三年，李白與元演取道太行山前往太原府，李白自稱受到元氏父子殷勤款待。他常常出遊太原城西的名勝晉祠，還攜妓同往。有詩〈憶舊遊寄譙郡元參軍〉〔註63〕為證。

〔註58〕詹鍈主編：《李白全集校注彙釋集評》，頁395。

〔註59〕詹鍈主編：《李白全集校注彙釋集評》，頁396。

〔註60〕詹鍈主編：《李白全集校注彙釋集評》，頁3624。

〔註61〕詹鍈主編：《李白全集校注彙釋集評》，頁973。

〔註62〕詹鍈主編：《李白全集校注彙釋集評》，頁357。

〔註63〕詹鍈主編：《李白全集校注彙釋集評》，頁1942。

三、移家東魯

開元二十八年，李白四十歲，許氏夫人去世，只好暫時停止漫遊，從安陸移家至東魯。有〈五月東魯行答汶上翁〉詩：「五月梅始黃……顧余不及仕，學劍來山東。」〔註64〕在山東，李白曾與魯中名孔巢父、韓準、裴政、張叔明、陶沔隱居徂徠山，過著縱酒高歌的生活，號稱「竹溪六逸」。〔註65〕

遊東魯時見當時魯地多有死守章句、皓首窮經的儒生，問以經濟之策、治國之術皆不知曉。李白對魯儒的迂腐甚為不滿，寫了〈嘲魯儒〉表示不屑。

開元二十九年，吐蕃入寇。李白作〈關山月〉：

> 明月出天山，蒼茫雲海間。長風幾萬里，吹度玉門關。漢下白登道，胡窺青海灣。由來征戰地，不見有人還。戍客望邊色，思歸多苦顏。高樓當此夜，歎息未應閒。〔註66〕

〈樂府詩集〉中此調屬橫吹曲辭，寫久戍不歸之人思念家室的痛苦。自古以來胡漢的戰爭沒有停止過，男子上戰場成為無法違抗的歷史宿命，「長風」從萬里遠外的家鄉吹到玉門關，思鄉的戰士們莫不面露苦顏。

天寶元年，李白遊泰山，作〈遊泰山〉詩六首。同年攜子女南下，寄居南陵，秋天時，奉詔入宮。他在離開南陵赴長安前似乎剛與一個輕視他、認為他貧賤不切實際的婦女決裂。〈南陵別兒童入京〉：「會稽愚婦輕買臣，余亦辭家西入秦。仰天大笑出門去，我輩豈是蓬蒿人。」〔註67〕此女疑是曾與他同居的劉氏。〔註68〕

〔註64〕詹鍈主編：《李白全集校注彙釋集評》，頁2614。

〔註65〕安旗、薛天緯、閻琦、房日晰：《李白全集編年注釋》下冊，簡譜，頁2347。

〔註66〕詹鍈主編：《李白全集校注彙釋集評》，頁494。

〔註67〕詹鍈主編：《李白全集校注彙釋集評》，頁2238。

〔註68〕施逢雨：《李白生平新探》，頁99。

第四節　奉詔入京時期

從元寶元年（742）秋奉詔入京，到天寶三年（744）春被「賜金還山」，是李白政治理想接受考驗的時期。

關於李白是如何奉詔入京，歷來說法不一。李白在〈爲宋中丞自薦表〉中曾說過：

天寶初，五府交辟，不求聞達，亦由子眞谷口，名動京師。上皇聞而悅之，召入禁掖。〔註69〕

表示自己因爲像鄭子眞在谷口隱居那樣長期不出，所以「名動京師」而被召。郁賢皓也認爲李白一進京即得到玄宗賞識，供奉翰林，當時李白已「名動京師」，聲名足已使皇帝下詔召他入京。〔註70〕

同樣贊成李白因「名動京師」被召入京，松浦友久卻認爲：

毫無疑問，由于賀知章的激賞，成爲「三十六帝外臣」的「謫仙詩人李白」的名字，作爲長安詩壇的話題而傳到了玄宗那裏，從而促成了他在多數被推薦者中對李白的破格提拔。〔註71〕

這裏談到，李白代名詞「謫仙」一詞，在李白的作品中使用四次，加上生前他人所寫資料中使用二次，出現的時間都是二次入京以後，故推測李白二次入京，因賀知章贊詞名動京師，依「文辭秀逸」一款受詔。

魏顥〈李翰林集序〉則說：

白久居峨眉，與丹丘因持盈法師達。白亦因之入翰林，名動京師。〈大鵬賦〉時家藏一本，故賓客賀公奇白風骨，呼爲謫仙子。由是朝廷作歌數百篇。〔註72〕

持盈法師即玉眞公主，認爲李白是因她而入宮。

王琦提出他的看法：

〔註69〕詹鍈主編：《李白全集校注彙釋集評》，頁3966。
〔註70〕參見郁賢皓：《天上謫仙人的秘密-李白考論集》，頁170～195。
〔註71〕松浦友久：《李白的客寓意識及其詩思—李白評傳》，頁141。
〔註72〕安旗、薛天緯、閻琦、房日晰：《李白全集編年注釋》下冊，附錄三，頁2115。

> 《舊唐書》以爲吳筠薦之,《新唐書》以爲賀知章言之……
> 疑當時吳筠薦之于先,賀知章薦之于後。在玄宗于筠之薦,
> 視太白不過與預薦諸人一例等視而已,及得知章之稱譽,
> 而後以奇才相待,異禮有加……公主亦欲識其人,而揚聲
> 於人主之前,亦理之所有者乎!〔註73〕

認爲李白非獨一人所薦,可作參考。

入宮後,李陽冰〈草堂集序〉說:

> 天寶中,皇祖下詔,徵就金馬,降輦步迎,如見綺、皓。
> 以七寶床賜食,御手調羹以飯之,謂曰:卿是布衣,名爲
> 朕知,非素蓄道義何以及此?置于金鑾殿,出入翰林中,
> 問以國政,潛草詔誥,人無知者。〔註74〕

顯現當時確實受到玄宗的信任與隆重接待。范傳正〈唐左拾遺翰林學士李公新墓碑〉又說:

> 他日泛白蓮池,公不在宴。皇歡既洽,召公作序。時公已
> 被酒于翰苑中,仍命高將軍扶以登舟,優寵如是。〔註75〕

從〈侍從遊宿溫泉宮作〉、〈溫泉侍從歸逢故人〉、〈駕去溫泉宮後贈楊山人〉等詩可知李白曾陪玄宗遊幸溫泉宮,又參與那裏舉行的一次皇家狩獵活動,作〈大獵賦〉。〔註76〕他在宮中忙著在皇帝和嬪妃們遊春尋樂的場合裏寫作讚頌的詩篇。如〈清平調詞三首〉:

> 雲想衣裳花想容,春風拂檻露華濃。若非羣玉山頭見,會
> 向瑤台月下逢。一枝紅艷露凝香,雲雨巫山枉斷腸。借問
> 漢宮誰得似?可憐飛燕倚新粧。

名花傾國兩相歡,長得君王帶笑看。解釋春風無限恨,沉香亭北倚闌干。〔註77〕

〔註73〕安旗、薛天緯、閻琦、房日晰:《李白全集編年注釋》下冊,附錄一,頁 2077。
〔註74〕安旗、薛天緯、閻琦、房日晰:《李白全集編年注釋》下冊,附錄三,頁 2113。
〔註75〕安旗、薛天緯、閻琦、房日晰:《李白全集編年注釋》下冊,附錄三,頁 2105。
〔註76〕施逢雨:《李白生平新探》,頁 103。
〔註77〕詹鍈主編:《李白全集校注彙釋集評》,頁 765。

　　這三首詩是李白奉詔所作，當時玄宗與楊妃在宮中觀牡丹花，因命李白寫新樂章。〔註78〕三首詩將花與人交互寫，花即是人，人即是花。「春風拂檻露華濃」寫牡丹受「春風」露華之滋潤而盛開，以喻楊妃得玄宗之寵幸而愈增美豔。黃叔燦《唐詩箋注》：「『春風拂檻』想其綽約，『露華濃』想其芳艷，脫胎烘染，化工筆也。」〔註79〕「解釋春風無限恨」「春風」還是喻指「君王」，寫楊妃能消解君王無限哀愁。《唐詩別裁集》：「本言釋天子之愁恨，托以春風，措詞微婉。」

　　這段時期是李白一生中最光輝燦爛的時光，相信自己能夠實現理想。〈古風其三十三〉：

　　　　北溟有巨魚，身長數千里。仰噴三山雪，橫吞百川水。憑
　　　凌隨海運，炫赫因風起。吾觀摩天飛，九萬方未已。〔註80〕

以「大鵬」自喻，認爲蘊帝王之道的賢人，有如大鵬隨海而運，則擊水有三千里之遠；因「風」而起，則摩天有九萬里之程。此詩氣勢磅礡，充滿自信。〈駕去溫泉宮後贈楊山人〉一詩說：「待我盡節報明主，然後相攜臥白雲。」〔註81〕距離「功成身退」的理想越來越近。

　　那知事與願違，天寶二年（743）秋天，李白的思想發生了很大的變化，原因是他遭讒言毀謗。〔註82〕李陽冰〈草堂集序〉說：「醜正同列，害能成謗。格言不入，帝用疏之。」〔註83〕魏顥〈李翰林集序〉說：「許中書舍人，以張垍讒逐。」〔註84〕李白在此期間寫了〈玉

〔註78〕參見詹鍈主編：《李白全集校注彙釋集評》，頁765～766。此詩載《樂府詩集》卷八○《近代曲辭》王琦認爲此詩「蓋天寶中所製供奉新曲」，又任半塘《唐聲詩》：「『清平調』三字，是唐代曲牌名，前所未有。」

〔註79〕詹鍈主編：《李白全集校注彙釋集評》，頁768。

〔註80〕詹鍈主編：《李白全集校注彙釋集評》，頁160。

〔註81〕詹鍈主編：《李白全集校注彙釋集評》，頁1347。

〔註82〕郁賢皓：《天上謫仙人的秘密-李白考論集》，頁364。

〔註83〕安旗、薛天緯、閻琦、房日晰：《李白全集編年注釋》下冊，附錄三，頁2113。

〔註84〕安旗、薛天緯、閻琦、房日晰：《李白全集編年注釋》下冊，附錄三，頁2115。

壺吟〉：「君王雖愛蛾眉好，無奈宮中妒殺人。」〔註85〕〈翰林讀書言懷呈集賢諸學士〉對佞臣表示憤慨與無奈：「青蠅易相點，白雪難同調。」〔註86〕因玄宗日益疏遠，李陽冰〈草堂集序〉說他：「公乃浪跡縱酒，以自昏穢。詠歌之際，屢稱東山。……多言公之不得意。天子知其不可留，乃賜金歸之。」〔註87〕范傳正〈唐左拾遺翰林學士李公新墓碑〉：「既而上疏請還舊山，玄宗甚愛其才，或慮乘醉出入省中，不能不言溫室樹，恐掇後患，惜而逐之。」〔註88〕李白一方面被讒見疏；一方面自己上疏乞歸，加上玄宗對他放浪不羈的作風有所疑慮，因此賜金還家。於是李白於天寶三年（744）暮春離開長安，結束短暫的政治生活。此一時期的作品如〈月下獨酌〉、〈少年行〉、〈前有樽酒行二首〉，與初入宮在心境上有很大的轉變。我們來看〈前有樽酒行二首〉：

> 春風東來忽相過，金樽淥酒生微波。落花紛紛稍覺多，美人欲醉朱顏酡。青軒桃李能幾何？流光欺人忽蹉跎。君起舞，日西夕。當年意氣不肯傾，白髮如絲歎何益？
>
> 琴奏龍門之綠桐，玉壺美酒清若空。催絃拂柱與君飲，看朱成碧顏始紅。胡姬貌如花，當壚笑春風。笑春風，舞羅衣，君今不醉欲安歸？〔註89〕

此二詩歎人生短促，當及時行樂。首句「春風東來忽相過」寫時光匆匆，又似乎暗喻君王的恩澤如春風之短暫，玄宗對李白的寵信就向「春風」自東過我，又吹向別處。不如在暢飲美酒、欣賞「春風」中舞羅衣的胡姬，不醉不歸。

　　綜觀李白在翰林供奉期間，最得意的時候，從未提到有什麼政治

〔註85〕詹鍈主編：《李白全集校注彙釋集評》，頁1002。

〔註86〕詹鍈主編：《李白全集校注彙釋集評》，頁3467。

〔註87〕安旗、薛天緯、閻琦、房日晰：《李白全集編年注釋》下冊，附錄三，頁2115。

〔註88〕安旗、薛天緯、閻琦、房日晰：《李白全集編年注釋》下冊，附錄三，頁2105。

〔註89〕詹鍈主編：《李白全集校注彙釋集評》，頁424。

卓見，只留下〈宮中行樂詞〉、〈清平調詞〉之類的作品，看來李白畢竟是個詩人而不是政治家，〔註90〕玄宗也是如此視之。

第五節　欲用無路時期

　　李白離開長安後，開始長期的漫遊，主要在梁宋齊魯一帶。由於政治理想受挫，一時有了出世的想法。後來安史之亂爆發，李白相當憤慨，極力主張消滅敵人，並加入永王的幕府，那知永王竟叛變，而且很快被肅宗派兵消滅，以從逆罪下獄，又被定罪流放夜郎。後遇赦回江夏，病死於當塗。從玄宗天寶三年（744）離開長安，至代宗寶應元年（762），可分成三個部分來探討。

一、再度漫遊

　　李白離開長安後，先往東南行到商州，繼續前往宣州，然後帶著兒女一起北上。他在梁、宋一帶認識杜甫、高適，並與他們一起同遊。杜甫有詩〈贈李白〉：「李侯金閨彥，脫身事幽討。亦有梁宋遊，方期拾瑤草。」〔註91〕李陽冰〈草堂集序〉說他賜金歸之後：「遂就從祖陳留採訪大使彥允，請北海高天師授道籙于齊州紫極宮。將東歸蓬萊，仍羽人駕丹丘耳。」〔註92〕顯現李白訪道求仙的思想很濃厚，對當時與他同遊的杜甫也產生影響。不過加入道士籍以及訪道求仙的行動，從本質上看，他只是作為政治失敗後聊以自慰的精神寄託。一方面用求仙訪道來排解思想上的苦悶，另一方面用蔑視功名富貴來作為不向權貴低頭的反抗態度。〔註93〕事實上，他也知道神仙世界是飄渺難求的，〈夢遊天姥吟留別〉首二句即言：「海客談瀛洲，煙濤微茫信

〔註90〕郁賢皓：《天上謫仙人的秘密-李白考論集》，頁364。
〔註91〕安旗、薛天緯、閻琦、房日晰：《李白全集編年注釋》下冊，附錄四，頁2163。
〔註92〕安旗、薛天緯、閻琦、房日晰：《李白全集編年注釋》下冊，附錄三，頁2114。
〔註93〕郁賢皓：《天上謫仙人的秘密-李白考論集》，頁366。

難求。」〔註94〕除此他對自己仍是充滿自信。〈上李邕〉：

> 大鵬一日同風起，摶搖直上九萬里。假令風歇時下來，猶
> 能簸卻滄溟水。世人見我恒殊調，見我大言皆冷笑。宣父
> 猶能畏後生，丈夫未可輕年少。〔註95〕

他仍然自比「大鵬」，只是「風歇時下來」，暫時遭受挫折，還是能渡越大海。

　　這段時期，李白應將女兒平陽與兒子伯禽留在魯郡，從〈送楊燕之東魯〉、〈寄東魯二稚子〉、〈送蕭十一之魯中兼問稚子伯禽〉等作品可見對他們的思念。魏顥〈李翰林集序〉亦曾說過李白曾與魯地一婦人同居，可能也是在此期間。〔註96〕

　　天寶五年（746），李林甫陷害韋堅，李白好友崔成甫亦受牽連。天寶十年（751）以後唐王朝的政治危機日益加深，兩次征南詔的戰爭，人民死傷慘重。朝廷上下驚傳安祿山陰謀發動叛亂的消息。李白從訪道求仙轉而非常注意朝廷內外的動向，〈北風行〉就是通過被迫出征犧牲戰士的思婦之口，來譴責安祿山：

> 燭龍棲寒門，光耀猶旦開。日月照之何不及此？唯有北風
> 號怒天上來。燕山雪花大如席，片片吹落軒轅臺。幽州思
> 婦十二月，停歌罷笑雙蛾摧，倚門望行人，念君長城苦寒
> 良可哀。別時提劍救邊去，遺此虎文金鞞靫，中有一雙白
> 羽箭，蜘蛛結網生塵埃。箭空在，人今戰死不復回。不忍
> 見此物，焚之已成灰。黃河捧土尚可塞，北風雨雪恨難裁。
> 〔註97〕

此詩諷刺幽州在安祿山的統治下，以「救邊爲藉口」，發動戰爭讓戰士白白送命。而家中的妻子還在苦苦等候。在這首詩裏，「燕山雪花大如席」是千古名句，極言燕山之寒，而所以有這麼大的雪花片片吹來，正是由於殘暴的「北風」。《樂府詩集》卷六十五：「《北風》本衛

〔註94〕詹鍈主編：《李白全集校注彙釋集評》，頁 2101。
〔註95〕詹鍈主編：《李白全集校注彙釋集評》，頁 1364。
〔註96〕施逢雨：《李白生平新探》，頁 116。
〔註97〕詹鍈主編：《李白全集校注彙釋集評》，頁 484。

詩也。《北風》詩曰：『北風其涼，雨雪其雱。』傳云：『北風寒涼，病害萬物，以喻君政暴虐，而百行親不親也。』」〔註98〕

二、永王事件

天寶十四年（755），安史之亂爆發。李白對安祿山的叛變極為痛恨，他寫了大量詩篇關心災難中人民的生活，如：〈扶風豪士歌〉、〈古風其十九〉、〈猛虎行〉等。詩的題材多偏向社會寫實、針砭時政。也就是這種心情引導之下李白急欲立功報國。因此當永王李璘奉玄宗之命出鎮江陵，以抗敵為號召，率水師東下，三次徵召李白時，參加了永王的幕府。他寫了〈永王東巡歌〉表達建功立業，報效祖國的思想，認為這是大好的機會。但這個理想很快就破滅，永王意圖叛變而很快就被消滅，李白根本不了解皇室內部的鬥爭含冤入獄，〔註99〕並謊稱自己是被迫加入的。後來御史中丞宋若思和宣慰大使崔渙為他洗刷冤屈，但不久後還是被定罪流放夜郎。當時的李白已經將近五十八歲。

〈南奔書懷〉寫於至德二年（757），永王璘的軍隊在丹陽潰散，李白從丹陽南奔晉陵的途中，當時李璘的幕僚「賓御如浮雲，從風各消散。」而李白也「不因秋風起，自有思歸歎。」「拔劍擊前柱，悲歌難重論。」〔註100〕不但志不能申，反而得到「從逆」之名，無怪乎即使沒有「秋風」吹拂，也會興起張翰鱸魚鱠之嘆。當初〈秋下荊門〉一詩，也提及同一典故，懷有雄心壯志離開故鄉欲闖蕩天下的青年李白與倉皇逃奔的老年李白心境上有極大的差異！

三、絕命當塗

至德二年（757）冬天，李白得知流放夜郎，乾元元年（758）春天從尋陽出發，乾元二年（759）三月，在途中，也就是三峽巫山地

〔註98〕詹鍈主編：《李白全集校注彙釋集評》，頁484。
〔註99〕松浦友久：《李白的客寓意識及其詩思—李白評傳》，頁200。
〔註100〕詹鍈主編：《李白全集校注彙釋集評》，頁3490。

區，接到赦免釋放的通知。〔註 101〕以後一直到晚年，在江南風土中
渡過。雖然經過了這場災難，李白仍未放棄自己的理想，肅宗上元二
年（761），聽說李光弼率領百萬大軍出鎮臨淮，六十一歲高齡的李白
毅然暮年從軍，不幸的是半途遇病，未能如願，次年病逝於當塗。臨
死前仍以「大鵬」自喻，作〈臨路歌〉，亦即〈臨終歌〉：

> 大鵬飛兮振八裔，中天摧兮力不濟。餘風激兮萬世，遊扶
> 桑兮掛右袂。後人得之傳此，仲尼亡兮誰為出涕！〔註 102〕

根據詩的內容，聯繫李華在〈故翰林學士李君墓銘序〉中說：「年六
十有二不偶，賦臨終歌而卒。」〔註 103〕故「路」字當與「終」字因
形近而誤，可將此詩看作李白自撰墓誌銘。王琦說：「琦按詩意，謂
西狩獲麟，孔子見之而出涕。今大鵬摧於中天，時無孔子遂無有人為
出涕者。喻己之不遇於時，而無人為之隱惜。太白嘗作〈大鵬賦〉，
實以自喻，故此歌復借大鵬以寓言耳。」〔註 104〕李白在對自己一生
回顧與總結時，流露的是對人生無比眷戀和未盡其才的惋惜。雖然此
詩寫於李白暮年臨死前，仍然我們仍感覺到一股磅礡之氣，這一股浩
然之氣自始至終不曾滅絕。

第六節　小　結

在思想發軔期，李白懷抱四方之志，充滿自信，蓄勢待發，藉「秋
風」寫自己不同於張翰，離開故鄉蜀地為了追求名爵。即使與結交好
友別離，對滿懷希望的李白而言沒有感傷的情緒，他以「風吹柳花滿
店香」寫豪邁瀟灑情懷。在追求功業時期，李白嘗到了仕進困難的滋
味，懷才不遇的挫折與痛苦，他以「長風破浪會有時」勉勵自己，將
來必有遠大前程。這時離開故鄉也有好些日子的李白，在夢想為尚未

〔註 101〕松浦友久：《李白的客寓意識及其詩思—李白評傳》，頁 236～244。
〔註 102〕詹鍈主編：《李白全集校注彙釋集評》，頁 1231。
〔註 103〕安旗、薛天緯、閻琦、房日晰：《李白全集編年注釋》下冊，附錄
　　　　二，頁 2102。
〔註 104〕詹鍈主編：《李白全集校注彙釋集評》，頁 1232。

達成之時，亦興起思鄉情懷，他以挾帶著玉笛聲的「春風」寫悠悠鄉情。另外在吐蕃入寇時，抒寫自己對戰爭的看法，以「長風」寫離開家鄉萬里之遠的戰士內心的無奈。在奉詔入京時期，李白常以「春風」喻君王。他在得意時寫了許多宮中行樂之作，言楊妃之美能解君王之愁，也自比大鵬「炫赫因風起」，是藉風高飛的時候到了，那知「春風」來了又過，君王德澤是短暫不定的，美好春光易逝，不如及時行樂。在欲用無路時期，以「風歌」安慰自己只是一時遭受挫折。在安史之亂爆發前，李白以殘暴的「北風」遣責安祿山發動戰爭，迫使戰士白白犧牲生命。在永王事件中以「秋風」寫挫敗讓自己興起思歸念頭。最後於臨終之時雖自傷，仍懷抱理想，期許自己「餘風」能激盪萬世。「風」充斥在李白各個時期的作品之中，可說貫穿了李白的一生，見證了李白的現實人生。

歸結李白與風的關係，可從下列三點來看：

（一）就李白的特質與風的物性來看

回顧李白的一生幾乎在漫遊中度過。「浪跡四方」正是李白生平的寫照，就像「風」一般居無定所，不受束縛，以天下為家，亦如李白〈上安州裴長史書〉自言「大丈夫必有四方之志」〔註105〕。李白之所以為李白，不正因為他不受限於任一框架嗎？日人松浦友久在〈「客寓意識」及其詩思—李白的認識基調〉中說：

> 一般地說，在考察詩人的詩歌創作與生涯時，「認識基調」是一個很重要的觀念，當然，這並非對任何一個詩人都很明顯，而且其重要程度，又往往隨著詩人年齡和境遇的變化或消或長，但是也有極為罕見情況，那就是：某個詩人具有了之所以成為某個詩人不可欠缺的意識觀念，並且這種觀念系統地貫穿其一生，對於那些具有個性特徵的詩人，情況尤其如此。李白的「客寓」意識，就是如此。〔註106〕

〔註105〕詹鍈主編：《李白全集校注彙釋集評》，頁4025。
〔註106〕松浦友久：《李白的客寓意識及其詩思—李白評傳》，頁1。

李白天生的氣質、異民族風俗影響及移民之子的疏離感和濃厚道家自由放達的思想造成李白「何處爲家？處處是家」、「人生如旅」、「人生如客」，而以具體的物象作爲比喻的話，筆者認爲還不如說李白「人生如風」。杜甫〈天末懷李白〉：「涼風起天末，君子意如何？鴻雁幾時到，江湖秋水多。文章憎命達，魑魅喜人過。應共冤魂語，投詩贈汨羅。」〔註107〕以「涼風」起興，在清涼秋風吹起時，杜甫想起了李白現在不知如何？可見「風」也讓杜甫聯想到「李白」。

（二）就李白的人生起伏與風的變化來看

從本章我們看到無論李白人生如何變化，「風」必伴隨左右，然而隨著心境的變化，境隨心轉，同樣的「風」，展現不同情懷。例如同樣是引用張翰「秋風思歸」的典故，在思想發軔時期，揚帆起航的少年李白與在欲用無路時期，倉皇逃命的晚年李白，不可同日而語。

另一方面從〈大鵬遇希有鳥賦〉、〈古風其三十三〉、〈上李邕〉到〈臨終歌〉，「大鵬」貫穿了李白的一生。而李白作品「大鵬」的出現一定是伴隨著「風」，「鵬」與「風」幾乎不離。從「運逸翰以傍擊，鼓奔飆而長驅」〈大鵬遇希有鳥賦〉、「憑凌隨海運，炟赫因風起。」〈古風其三十三〉到「假令風歇時下來，猶能簸卻滄溟水。」〈上李邕〉，最後「餘風激兮萬世，遊扶桑兮掛右袂。」〈臨終歌〉，「風起」、「風歇」、「餘風」可代表李白一生起伏變化，然而李白終其一生，始終如一，振翅飛翔，至今仍可感受到他所留下餘風！

此外，在第二章本文曾經提及「風」與「鵬」與「鳳」的關係，在研究李白詩意外發現，除了喜以「大鵬」自喻，李白也很喜歡以「鳳」自喻，經檢索李白有九十一首「鳳」字詩，其中許多是拿來自喻，而且義近於「大鵬」。如〈古風其四〉：「鳳飛九千仞，五章備綵珍，銜書且虛歸，空入周與秦。橫絕歷四海，所居未得鄰。……」〔註108〕

〔註107〕安旗、薛天緯、閻琦、房日晰：《李白全集編年注釋》下冊，附錄四，頁2165。

〔註108〕詹鍈主編：《李白全集校注彙釋集評》，頁44。

楊齊賢：「此篇太白自況也。」蕭士贇：「此篇遊仙詩，太白自言其志也云。」朱諫注：「此白託物以自比。言鳳飛千仞之上，身備五采之章，口銜丹書，欲呈祥於王者。入周秦之郊，無有所遇，而空歸矣。歸又無所棲息，乃橫絕於四海，翻飛遨遊，而又孑然無與爲鄰者。是猶我之抱藝浪跡四方，而不得一有所遇也。較之於鳳，夫何異乎！」〔註109〕亦是可以探究的方向。

（三）就李白的創作與風的精神來看

除了從李白生平看李白與「風」的關係，我們也可從李白的作品看「風」對李白的意義。一向被視爲李白代表作《古風》五十九首即以「風」命名之，在〈古風其一〉也提到「大雅久不作，吾衰竟誰陳。王風委蔓草，戰國多荊榛。」〔註110〕表明自己繼承「風雅」精神創作主張。而清劉熙載《藝概》也說他：「李詩鑿空而道，歸趣難窮。由風多於雅，興多於賦也。」〔註111〕本文在第二章曾提及「風」與文學很早就被聯結在一起，以「風」稱呼民歌，大致取民歌有如「風」一般流傳，就是「風」意象的呈現。李白《古風》本是詠懷、感寓或感遇詩，風格樸實自然，是表現李白政治理想和人生感慨的重要詩篇，其中不少篇以寓言、詠史形式對當時政治措施及社會現象進行了抨擊和諷刺。〈毛詩序〉：「風之始也，所以風天下而正夫婦也，故用之鄉人焉，用之邦國焉。」〔註112〕又言：「上以風化下，下以風刺上。」〔註113〕以雅正之音，透過文學作品讓自己的理念如「風」一般穿梭於大街小巷，亦能上達天聽，不正是李白承繼「風」的創作精神嗎？

〔註109〕詹鍈主編：《李白全集校注彙釋集評》，頁44～46。
〔註110〕詹鍈主編：《李白全集校注彙釋集評》，頁20。
〔註111〕（清）劉熙載：《藝概》，頁58。
〔註112〕《十三經注疏・詩經》，頁12。
〔註113〕《十三經注疏・詩經》，頁16。

第四章　李白詩歌「風」意象的解析

　　古典詩人對於大自然的變化很敏銳，「風」牽動季節的更迭，景物的遷化與感情的波動，在詩歌當中佔有相當地位。李白的「風」字詩有一部分是「風」字單獨出現，但大部份是伴著形容性附加語出現，如：春風、清風；也有與同一詞類聯合出現，如風塵、風雲。隨著附加語及其並列語的不同，所展現的「風貌」也就不同，加上「風」意象屬於自由的意象，並不因爲上下文將其固定而使其意義與聯想效果受限制，而是可以爲不同的人代表不同的意義或價值，自然所形成的詩歌風格呈現多樣化。所以本章分成四節，分別就李白詩中較常見「風」字詞作爲研究對象，並一一解析。

第一節　春風、東風、香風

　　以農立國的傳統社會中，古代中國人非常重視季節的變化，他們觀察到不同季節有不同的風，所以風有展現季節的作用。春風和暖；夏風薰人；秋風蕭瑟；冬風凜冽。這些不同的季節特徵成爲詩人筆下的暗示，也成爲後人研究詩歌寫作背景的線索。本文將春天三個具有代表性的「風」字詞：「春風」、「東風」、「香風」放在同一節來探討，「春風」一詞直接冠以季節名稱，而「東風」以風的方位命名，「香風」則是以嗅覺爲摹寫對象，展現春天百花盛開的氛圍。希望透過解析能了解其中意涵及異同。

一、春風

「春風」是李白詩中最常見的「風」字詞，共出現了 46 次之多。似乎是李白最喜愛的「風」字詞。筆者認爲「春風」意象在李白詩中相當具有代表性，不僅止於出現的次數頻繁，「春風」的活潑生動、浪漫多姿，平易近人及光明度，雖然不及「大鵬」、「黃河」、「劍」、「俠」那樣的氣勢磅礡、豪情萬丈，卻能充分展現李白詩歌的民間性。李白是第一個大量使用「春風」意象的詩人，他的「春風」具有下列幾種意義：

（一）季節更迭

因四時的轉移，風有春、夏、秋、冬的變化，春風的吹拂即代表春天的到來，帶來盎然的春意。如：〈春日醉起言志〉：「春風語流鶯」〔註1〕描述春天景致，在春風中流鶯傳語，何等好景？切勿錯過。〈宣城送劉副使入秦〉：「借問幾時還，春風入黃池。」〔註2〕以一問一答的方式表達當春風回暖，進入黃池，就是自己回來的時候。〈詠桂〉：「及此春風暄」〔註3〕寫桃李於春天爭妍。又如〈日出行〉：「草不謝榮於春風。」〔註4〕草木榮於春，謝於秋，是一種自然循環。然而，冬去春來，代表一年又過去了。〈送儲邕之武昌〉一詩中：「春風三十度，空憶武昌城」〔註5〕春風三十度表示歲月匆匆，已過了三十年了。因此春風常喚起人們對時光易逝，青春不再的感慨。

春天雖然美好，閨中的思婦根本無心賞遊春景，春天的到來提醒她一年又過去了，青春易逝。況且感情是否能夠經得起時空的考驗呢。一旦春天過去，百花凋零，美人遲暮，漫長的等待無盡頭。所以在閨怨詩中常見「春風」身影。如：〈上之回〉：「桃李傷春風」〔註6〕、

〔註1〕詹鍈主編：《李白全集校注彙釋集評》，頁 3315。
〔註2〕詹鍈主編：《李白全集校注彙釋集評》，頁 2574。
〔註3〕詹鍈主編：《李白全集校注彙釋集評》，頁 3556。
〔註4〕詹鍈主編：《李白全集校注彙釋集評》，頁 469。
〔註5〕詹鍈主編：《李白全集校注彙釋集評》，頁 2604。
〔註6〕詹鍈主編：《李白全集校注彙釋集評》，頁 624。

〈擣衣篇〉：「樓上春風日將歇」〔註7〕、〈寄遠十一首之八〉：「春風玉顏畏銷歇」〔註8〕。對於等待的女子而言，春日將盡何等殘酷。

　　除了女子感嘆歲月匆匆，年華似水，男子也有相同感慨，尤其是不得意的時候，眼看新的一年到來，對於老大無成的男子而言，不勝唏噓。〈餞校書叔雲〉：「不知忽已老，喜見春風還。」〔註9〕想起少年時，虛度白日，不知歲月易過，忽然白髮。人的青春一去不回，但春風去而復返，不如轉換心境，苦中作樂。

（二）君王恩寵

　　古代士人希望得到君王賞識重用，後宮佳麗則期待獲得寵愛，如能達其所願，就像春風拂面，一片光明。〈清平調詞三首之一〉：「春風拂檻露華濃」〔註10〕、〈清平調詞三首之二〉：「解釋春風無限恨」詩中「春風」指唐玄宗；花即楊妃，蒙受唐玄宗的恩澤，顯得更加嬌媚。

　　然而君王好比春風能榮花木，卻又短暫易逝。如：〈前有一樽酒行二首一〉：「春風東來忽相過。」〔註11〕寫君王恩寵短且易逝。又如：〈永王東巡歌十一首之四〉：「春風試暖昭陽殿」〔註12〕此詩「春風」指永王南巡。郭沫若《李白與杜甫》：「這首表明永王已經到過金陵，使『龍蟠虎踞』的六代帝都又恢復了生意。春風著手在吹暖著昭陽殿，明月從新又照亮了鳷鵲樓。李白本有遷都的主張，故加意寫出金陵的復活。」〔註13〕

（三）傳情達意

　　春風溫柔多情又無遠弗屆，最適合作信差或傳遞的媒介。如：〈春

〔註7〕詹鍈主編：《李白全集校注彙釋集評》，頁953。
〔註8〕詹鍈主編：《李白全集校注彙釋集評》，頁3659。
〔註9〕詹鍈主編：《李白全集校注彙釋集評》，頁2524。
〔註10〕詹鍈主編：《李白全集校注彙釋集評》，頁767。
〔註11〕詹鍈主編：《李白全集校注彙釋集評》，頁424。
〔註12〕詹鍈主編：《李白全集校注彙釋集評》，頁1162。
〔註13〕詹鍈主編：《李白全集校注彙釋集評》，頁1163。

日行〉:「春風吹落君王耳」〔註14〕藉由春風,美妙樂聲傳入君王耳中。
〈春夜洛城聞笛〉:「散入春風滿洛城」〔註15〕思鄉的愁緒透過笛聲隨
著春風充滿洛城。人無法身生雙翼,克服空間的距離,看到來去自如
的春風,只好將情意託付於春風。如:〈長相思之一〉:「願隨春風寄
燕然」〔註16〕情意藉由春風能飛越迢迢青天到情人的心坎裡。而春風
似乎有知,替人傳情達意。如:〈望漢陽柳色寄王宰〉:「春風傳我意,
草木別前知。」〔註17〕春風已事前知道我要西行,故先告知草木,江
上之柳引其枝向東,欲我東還。

(四)離別時分

　　古人送別之作多寫於春天,大抵美麗的春景更能反襯離別的哀
愁。然而對於送別的人而言,春風來了,夾岸楊柳又綠,綿延無際的
春草只加重了離別的愁緒。〈古意〉:「輕條不自引,為逐春風斜。」
〔註18〕女子與男子原本如兔絲與女蘿相依在一起,那知春風引動柳
條,造成分離。又如:〈春日獨坐寄鄭明府〉:「長條一拂春風去,盡
日飄揚無定時。」〔註19〕楊柳終日在春風中飄揚,不斷勾起詩人離別
的愁緒。而〈寄韋南陵冰余江上乘興訪之遇尋顏尚書笑有此贈〉一詩:
「春風狂殺人,一日劇三年。」〔註20〕以狂形容春風之速,展現相思
之切,一日不見,如隔三秋。〈下途歸石門舊居〉:「向暮春風楊柳絲」
〔註21〕同樣以春風及楊柳絲暗示離別。

(五)轉化為人

　　擬人是「春風」一詞常用的表現手法,尤其在樂府詩中最為常見。

〔註14〕詹鍈主編:《李白全集校注彙釋集評》,頁419。
〔註15〕詹鍈主編:《李白全集校注彙釋集評》,頁3624。
〔註16〕詹鍈主編:《李白全集校注彙釋集評》,頁970。
〔註17〕詹鍈主編:《李白全集校注彙釋集評》,頁2040。
〔註18〕詹鍈主編:《李白全集校注彙釋集評》,頁1245。
〔註19〕詹鍈主編:《李白全集校注彙釋集評》,頁1912。
〔註20〕詹鍈主編:《李白全集校注彙釋集評》,頁1971。
〔註21〕詹鍈主編:《李白全集校注彙釋集評》,頁3090。

如：〈山人勸酒〉：「春風爾來爲阿誰？胡蝶忽然滿芳草。」〔註22〕適逢春天一起飲酒爲樂，然而春風是爲誰而來呢？只見蝴蝶滿滿，在青草地上飛舞。此詩「春風」似乎有知，而且專爲山人而來。又如：〈對酒〉：「勸君莫拒盃，春風笑人來。桃李如舊識，傾花向我開。」〔註23〕在良晨美景下，「春風」笑臉迎人，桃李爲我開放，如此盛情，怎能不好好喝一杯？〈擬古十二首之五〉：「今日風日好，明日恐不如。春風笑於人，何乃愁自居？」〔註24〕今日春光明媚，趁此風日飲酒相歡，因爲明日陰情未定，恐不如今。「春風」笑人，自處於愁苦之地，不知好日難逢，應及時行樂。兩首詩的「春風」都在笑，只是一是「歡笑」；一是「嘲笑」，意謂不同。詩人透過「春風」表達自己的意思。

　　在閨怨詩裏，「春風」則扮演不同的角色。〈春思〉：「春風不相識」〔註25〕一詩中，詩人補捉了思婦在春風吹入閨房一刹那的心裡活動，春風象徵第三者的感情，思婦撇清彼此的關係，表示不爲所動，暗示了她忠於所愛，對其他男子的愛情無絲毫動心，堅貞不二的高尚情感。〈大堤曲〉：「春風復無情，吹我夢魂散。不見眼中人，天長音信斷。」〔註26〕因爲見不到所思之人，想於夢中相會，那知「春風」如此無情，竟吹散夢魂，以致音信全斷，情人難見。嚴評本載明人批：「古《子夜春歌》：『春風復多情，吹我羅裳開。』此變『多』爲『無』，大妙。」《唐宋詩醇》卷四：「幽秀絕遠俗豔。胡應麟謂白詩：人知其華藻，而不知其神骨之清，於此亦見一斑。」〔註27〕李白將民歌脫胎換骨，更勝一籌。又〈勞勞亭〉：「天下傷心處，勞勞送客亭。春風知別苦，不遣柳條青。」〔註28〕勞勞亭在勞勞山上，是古時送別之所。唐時折柳送別的習俗濃厚，李白別出心裁，更進一層，從而設想「春風」因不

〔註22〕詹鍈主編：《李白全集校注彙釋集評》，頁524。

〔註23〕詹鍈主編：《李白全集校注彙釋集評》，頁3331。

〔註24〕詹鍈主編：《李白全集校注彙釋集評》，頁3412。

〔註25〕詹鍈主編：《李白全集校注彙釋集評》，頁929。

〔註26〕詹鍈主編：《李白全集校注彙釋集評》，頁737。

〔註27〕詹鍈主編：《李白全集校注彙釋集評》，頁739。

〔註28〕詹鍈主編：《李白全集校注彙釋集評》，頁3583。

願見到人間痛苦的離別場面，而不遣柳條發青，眞是妙絕。故李鍈《詩法易簡錄》評此詩：「若直寫別離之苦，亦嫌平直，借春風以寫之，轉覺苦語入骨，其妙在『知』字、『不遣』字，奇警無倫。」〔註29〕

（六）良辰美景

春天到來大地復甦，萬物興起，美好的春光令人嚮往。應把握時光及時行樂。如〈前有一樽酒行二首二〉：「當壚笑春風。」〔註30〕在春風裡，胡姬笑容滿面，展現酒店裏酣暢的場面。

宮中行樂詞是奉詔所作，歌詠春日明皇坐沉香亭與宮女同樂之作。〈宮中行樂詞八首之三〉有句：「絲管醉春風。」〔註31〕〈宮中行樂詞八首之六〉有句：「春風開紫殿。」〔註32〕〈宮中行樂詞八首之七〉句：「春風柳上歸。」〔註33〕以及〈侍從宜春苑奉詔賦龍池柳色初青聽新鶯百囀歌〉：「上有好鳥相和鳴，間關早得春風情。春風卷入碧雲去，千門萬戶皆春聲。」〔註34〕皆是應制詩，以「春風」表現美好與歡樂。

除此「春風」也有得意之意，我們常用「滿面春風」或「春風得意」來形容。〈少年行〉：「銀鞍白馬度春風」〔註35〕寫少年駕銀鞍，騎白馬，意氣揚揚，馳騁於春風之中。〔註36〕〈答王十二寒夜獨酌有懷〉：「蹇驢得志鳴春風。」〔註37〕比喻小人得志。〈自廣平乘醉走馬六十里至邯鄲登城樓覽古書懷〉：「寫鞬春風生」〔註38〕寫自己在邯鄲城縱馬奔馳，春風因應而生。

〔註29〕詹鍈主編：《李白全集校注彙釋集評》，頁 3584。
〔註30〕詹鍈主編：《李白全集校注彙釋集評》，頁 428。
〔註31〕詹鍈主編：《李白全集校注彙釋集評》，頁 747。
〔註32〕詹鍈主編：《李白全集校注彙釋集評》，頁 754。
〔註33〕詹鍈主編：《李白全集校注彙釋集評》，頁 756。
〔註34〕詹鍈主編：《李白全集校注彙釋集評》，頁 996。
〔註35〕詹鍈主編：《李白全集校注彙釋集評》，頁 879。
〔註36〕詹鍈主編：《李白全集校注彙釋集評》，頁 2810。
〔註37〕詹鍈主編：《李白全集校注彙釋集評》，頁 2699。
〔註38〕詹鍈主編：《李白全集校注彙釋集評》，頁 3171。

二、東風

在季風亞洲，不同的季節吹著不同方向的風，所以風的方位可以暗示季節。古人很早就把四季與四方相配。《禮記・鄉飲酒義》：「東方者春，春之為言蠢也，產萬物者聖也。南方者曰夏，夏之為言假也，養之、長之、假之，仁也。西方者秋，秋之為言愁也，愁之以時，察守義者也。北方者冬，冬之為言中也，中者藏也。」﹝註39﹞明言四季與四方的關係。由於在一年四季中，春秋兩季自然界的變化較明顯，容易觸發多愁善感的詩人，「傷春」與「悲秋」成為中國文學的兩大主題，也因此「東風」、「西風」的出現頻率較高。

那麼「東風」與「春風」既然皆指春天的風，二者之間是否完全等同？有人認為，在古代詩歌中「東風」與「春風」並非完全相同，「春風」的出現往往代表早春萬物欣欣向榮的景象，充滿歡喜之情。相較之下，「東風」卻常吹於暮春，象徵美好時光匆匆流逝，好景不常。使「東風」蒙上一層感傷的情緒。但也有人不以為然。
﹝註40﹞筆者認為視詩人而定，在李白的作品中，「春風」、「東風」在某些詩裡只為了避免字面重複，「春風」、「東風」可以互換，但就大部分作品來看，確實存在些許如上所言的差異性，這種感覺可能直接來自於「春」與「東」二字原本予人的感受就不同，一是直接、活潑；一是含蓄而溫婉，對季節的暗示又隔了一層。另外，李白用「春風」一詞的頻率是「東風」的兩倍以上，而且一半是樂府詩，多見於歡樂場面，而在「東風」詩裏卻見「愁」、「恨」、「悲」「吹—花」、「吹—夢」確實有淡淡的哀愁。以下是「東風」意象的解析：

（一）季節更迭

前面提到「東風」有暗示「春季」的作用，有時只是為避免字

﹝註39﹞孫希旦撰：《禮記集解》下冊（台北：文史哲出版，1990 年），頁 1434。
﹝註40﹞梁德林〈古代詩歌中的「風」意象〉《社會科學輯刊》第 2 期，1996年，頁 129。

面重複，在出現「春」字的詩裡用「東風」一詞，與「春風」並無不同。如：〈送趙判官赴黔府中丞叔幕〉：「東風春草綠，江上候歸軒。」〔註41〕指春風東轉，草色生綠時，在江邊等候對方回來。又〈早春寄王漢陽〉：「聞道春還未相識，走傍寒梅訪消息。昨夜東風入武陽，陌頭楊柳黃金色。」〔註42〕〈落日憶山中〉：「東風隨春歸，發我枝上花。」〔註43〕〈春日獨酌，二首之一〉：「東風扇淑氣，水木榮春暉。」〔註44〕「東風」皆指春天來了。

在同樣表達季節更替的意涵下，沒有春光明媚，「東風」在某些詩裏顯得淒涼、零落，充滿歲月之思。如：〈獨酌〉：「東風吹愁來，白髮坐相侵。」〔註45〕言「東風」吹愁予我，使我頭生白髮。〈見野草中有曰白頭翁者〉：「微芳似相詔，留恨向東風。」〔註46〕此詩因見草中有白頭翁，以明鏡對看，人之白頭與草之白頭相同，然而草木無情，人卻有恨。〈書情寄從弟邠州長史昭〉：「東風引碧草，不覺生華池。臨玩忽云夕，杜鵑夜鳴悲。」〔註47〕眼見池塘又生春草，猛然一年又過，杜鵑於暮春中悲鳴。〈長歌行〉：「東風動百物，草木盡欲言。……金石猶銷鑠，風霜無久質」〔註48〕眼見「東風」生長百物，想到天地運行，光陰易過。若不及時求取不朽功名，將與草木同朽。皆是「東風」引來歲月的感傷。

王立在《中國古代文學十大主題》一書中提到關於「春恨」這個主題：

> 春恨具體可分為兩種。一是面對初春、仲春美景所發生的怨春、恨春之情，見美景反生愁思，感傷自身本質沒

〔註41〕詹鍈主編：《李白全集校注彙釋集評》，頁2539。
〔註42〕詹鍈主編：《李白全集校注彙釋集評》，頁2046。
〔註43〕詹鍈主編：《李白全集校注彙釋集評》，頁3372。
〔註44〕詹鍈主編：《李白全集校注彙釋集評》，頁3298。
〔註45〕詹鍈主編：《李白全集校注彙釋集評》，頁3294。
〔註46〕詹鍈主編：《李白全集校注彙釋集評》，頁3548。
〔註47〕詹鍈主編：《李白全集校注彙釋集評》，頁2012。
〔註48〕詹鍈主編：《李白全集校注彙釋集評》，頁964。

有在人與人或人與社會的關係中得到應有的肯定，這是一種自我與對象同構異質的比照；而另一種，則是面對暮春殘景發出的惜春、憫春之悲，痛惋花褪紅殘、好景不常，聯想到自身在現實中的被否定和難於被肯定，如同春光難久，春去難歸，這是自我與對象之間的同質同構的印證。〔註49〕

而這兩種春恨類型正好能解釋「春風」與「東風」的區別。

（二）君王恩寵

「東風」也可以借喻君王的恩澤，如：〈送郤昂謫巴中〉：「東風灑雨露，會入天地春。」〔註50〕此詩以「東風」二句比喻皇恩普降，郤昂雖被貶謫，亦可沐浴其恩。又如：〈放後遇恩不霑〉：「天作雲與雷，霈然德澤開。東風日本至，白雉越裳來。」〔註51〕此詩亦以「東風」喻皇恩。朝廷赦免有過，以施大恩，如東風自日本而至，生長萬物，然而自己卻未能蒙受恩惠。另外〈古風，五十九首之四十七〉：「偶蒙東風榮，生此豔陽質。」〔註52〕言桃花偶蒙東風之力生此美麗姿色，比喻小人在位，富貴驕人，只是偶蒙朝廷的寵幸，得致身榮華，非真有實才也。

（三）吹送夢魂

與「春風」相同，「東風」也能跨越時空，具有傳遞作用，不同的是，在以下各詩中，強調方位的「東風」更能曲盡人意。如：〈江夏贈韋南陵冰〉：「西憶故人不可見，東風吹夢到長安。」〔註53〕因為思念老朋友卻無法相見，所以希望借東風吹我夢魂至西方的長安與之相見。〈江上寄巴東故人〉：「漢水波浪遠，巫山雲雨飛。東風吹客夢，

〔註49〕王立：《中國古代文學十大主題》（台北：文史哲出版社，1994年7月初版），頁184。

〔註50〕詹鍈主編：《李白全集校注彙釋集評》，頁2551。

〔註51〕詹鍈主編：《李白全集校注彙釋集評》，頁3634。

〔註52〕詹鍈主編：《李白全集校注彙釋集評》，頁217。

〔註53〕詹鍈主編：《李白全集校注彙釋集評》，頁1722。

西落此中時。」〔註54〕此詩寫李白客居漢水（東），老朋友在巴東（西），望東風吹我夢至西。又如：〈久別離〉：「胡爲乎東風，爲我吹行雲使西來。」〔註55〕寫婦人思念丈夫。丈夫行蹤如浮雲，希望東風爲我將他吹回西方。「夢」與「風」皆不受時空所限，卻是虛幻的。這些身不由己的人將自己的期待託付於二者，使「風吹夢」顯得悲哀無奈，卻又相當傳神。

三、香風

「香風」一詞也有暗示春季的作用，而著重在嗅覺的摹寫。春天百花盛開，春風吹拂，伴隨著濃郁的花香，瀰漫著春天的氣息。除此，不同於「春風」與「東風」，「香風」繼承屈原「香草」意象，香氣象徵品格、志節的芬芳。以下是「香風」意象的解析：

（一）春風飄香

「香風」即春風。前面提到「香風」之氣息來自花香，所以出現「香風」一詞的詩歌中，也必然出現「花」。如〈寄遠十一首之三〉：「桃李今若爲？當窗發光彩。莫使香風飄，留與紅芳待。」〔註56〕「香風」借喻歲月，香風飄意指時光流逝。桃李則比喻佳人，紅芳比喻青春年少。此四句詩言佳人一定還像當窗的桃李那樣豔麗光彩，望春風暫停吹拂，不要打落紅花，能讓自佳人護持青春，等待良人歸來。

又如〈鸚鵡洲〉展現春天花團錦簇的景象：「煙開蘭葉香風暖，岸夾桃花錦浪生。」〔註57〕此詩以鸚鵡洲景致抒情。謂春風吹開雲霧，送來帶有暖意的蘭香；桃李夾岸盛開，落入江中生出一片錦浪。極目傷神，感傷自己遭流放。〈擬古十二首之四〉：「攀花弄秀色，遠贈天仙人。香風送紫蕊，直到扶桑津。」〔註58〕寫將摘取天宮玉樹之花寄

〔註54〕詹鍈主編：《李白全集校注彙釋集評》，頁2048。
〔註55〕詹鍈主編：《李白全集校注彙釋集評》，頁567。
〔註56〕詹鍈主編：《李白全集校注彙釋集評》，頁3651。
〔註57〕詹鍈主編：《李白全集校注彙釋集評》，頁3040。
〔註58〕詹鍈主編：《李白全集校注彙釋集評》，頁3410。

與扶桑之仙人，讓香風吹至扶桑之津。〈走筆贈獨孤駙馬〉：「都尉朝天躍馬歸，香風吹人花亂飛。」〔註59〕兩句寫寫駙馬都尉驅馬於皇都意氣昂揚，春風得意的樣子。

　　除此，香風與女子有關。如〈紫藤樹〉：「紫藤挂雲木，花蔓宜陽春，香風留美人。」〔註60〕此詩歌詠紫藤樹，言花之香氣將留待予美人。而〈古風五十九首之十六〉：「香風引趙舞，清管隨齊謳。」〔註61〕及〈扶風豪士歌〉：「雕盤綺食會眾客，吳歌趙舞香風吹。」〔註62〕皆寫宴飲之樂，春風、花香、美人、音樂、歌舞將所有美好與歡樂齊聚一堂。另外〈宮中行樂詞，八首之五〉：「繡戶香風暖，紗窗曙色新。」〔註63〕寫女子閨房，春風飄香。

（二）芬芳君子

　　蘭之香不同於一般花香，如君子不同於一般凡夫之高潔，當然此處的「香風」異於前面所指「香風」，具有特殊意義。如〈於五松山贈南陵常贊府〉「為草當作蘭，為木當作松。蘭秋香風遠，松寒不改容。」〔註64〕寫蘭至秋天仍香氣遠播，松於歲寒仍不改其翠綠外表，用以表明自己高潔的貞操及恥與小人為伍的傲岸態度。

第二節　清風與松風

　　「清風」與「松風」常出現在類似情境中，沒有明顯的季節暗示，通常用來表達心境，呈現物我合一的境界，尤其在山水、遊仙、隱逸詩裏更可見到二者身影。因此放在同一節討論。

〔註59〕詹鍈主編：《李白全集校注彙釋集評》，頁1434。
〔註60〕詹鍈主編：《李白全集校注彙釋集評》，頁3533。
〔註61〕詹鍈主編：《李白全集校注彙釋集評》，頁97。
〔註62〕詹鍈主編：《李白全集校注彙釋集評》，頁1037。
〔註63〕詹鍈主編：《李白全集校注彙釋集評》，頁753。
〔註64〕詹鍈主編：《李白全集校注彙釋集評》，頁1792。

一、清風

在李白的「風」字詩歌中,「清風」僅次於「春風」,是李白最常用的「風」意象之一。日人松浦友久論及李白詩歌的感覺基調時認爲,李白作品中借助於普通常見的語詞表現獨有的強烈光輝照耀之感,這是因爲李白對明亮光輝事物有強烈憧憬和追求。在李白詩歌用語中,清、明、輝、白、碧、綠等本身具有鮮明感的語彙,出現頻率佔極大的比重。特別是「白」、「清」構成的「白日」、「白雲」、「清風」、「清光」等語彙很多。〔註65〕這也是爲什麼李白詩總給人一種率直、明朗的印象。

除了對光明事物的追求,筆者認爲「清風」牽扯著李白一生在「仕」與「隱」之間的矛盾,這種矛盾同樣出現在東晉田園詩人陶淵明的詩裡,當然也出現在大部分的傳統文人的作品裡,而李白又特別的明顯。本文第二章曾提及,魏晉南北朝在悲風籠罩時代氛圍中獨見一陣「清和之風」,陶淵明經過二十多年的徘徊,終於下定決心回歸田園,這股「清風」代表不肯折腰,同流合污的高潔,也是與萬物共處的詳和,更是不爲名利羈絆的無所牽掛。大自然常是失意文人最終的歸宿,在山水之中環抱明月,招攬清風,然而人人皆能做到「清心」,了無掛礙嗎?在以下對李白詩「清風」意象的解析中,可見一斑。

(一)象徵高潔

「清風」常用以表明人格的高潔。如〈古風五十九首之十一〉:「清風灑六合,邈然不可攀。使我長歎息,冥棲巖石間。」〔註66〕四句以「清風」歌詠嚴子陵之高潔。言子陵志節如清風布於天地,高遠不可攀,古今天下難以企及,令我聞風爲之嘆息,亦將隨之棲於巖穴間。〈戲贈鄭溧陽〉:「清風北窗下,自謂羲皇人。」〔註67〕

〔註65〕松浦友久著:《李白詩歌抒情藝術研究》(上海:上海古籍出版社,1996年12月初版),頁30。
〔註66〕詹鍈主編:《李白全集校注彙釋集評》,頁74。
〔註67〕詹鍈主編:《李白全集校注彙釋集評》,頁1557。

「清風」展現隱居者的閒適。李白用陶淵明典故，自謂羲皇上人，高臥北窗。〈贈崔諮議〉：「駃騠本天馬，素非伏櫪駒。長嘶向清風，倏忽凌九區。」〔註68〕「清風」象徵胸懷磊落。此詩以駃騠天馬自比，非人間所有，期待遇見伯樂。〈贈瑕丘王少府〉：「梅生亦何事，來作南昌尉？清風佐鳴琴，寂寞道爲貴。」〔註69〕以「清風」表明清心寡慾，富貴無求。

（二）喻薦助者

《抱朴子‧交際》：「芳蘭之芬烈者，清風之功也；屈士起於丘原園者，知己之助也。」朱注：「霜能殺物，而清風能生物者也。」〔註70〕風有傳遞作用，「清風」能散發芳蘭之香氣，如能推薦君子賢良，讓他們的才華爲人所知。所以「清風」如知己者，又能助之，可借喻爲薦助者。如〈古風五十九首之三十八〉：「飛霜早淅瀝，綠艷恐休歇。若無清風吹，香氣爲誰發。」〔註71〕「飛霜」指小人讒言；「清風」指有位者薦用。此詩寫孤寒之士若無在位之人薦拔引用，雖有德馨，如何表現自己呢？〈贈友人三首之一〉：「顧無馨香美，叨沐清風吹。餘芳若可佩，卒歲長相隨。」〔註72〕以「蘭」比喻賢才，「清風」爲引薦者。芳蘭原本不得賞識而被棄於地，然有幸經「清風」吹拂，結根於君王之池。紅芳雖老，仍有餘香可佩帶，願長伴君左右。此外〈書情題蔡舍人雄〉：「黃鶴不復來，清風愁奈何」〔註73〕情境則與前二詩不同。黃鶴是傳說中仙人乘騎的神鳥，黃鶴不復來，則無以高飛成仙，只能望著清風興愁，連清風這個薦助者也無可奈何。

〔註68〕詹鍈主編：《李白全集校注彙釋集評》，頁1491。
〔註69〕詹鍈主編：《李白全集校注彙釋集評》，頁1292。
〔註70〕詹鍈主編：《李白全集校注彙釋集評》，頁186。
〔註71〕詹鍈主編：《李白全集校注彙釋集評》，頁184。
〔註72〕詹鍈主編：《李白全集校注彙釋集評》，頁1804。
〔註73〕詹鍈主編：《李白全集校注彙釋集評》，頁1458。

（三）德化人民

《詩・大雅・烝民》：「吉甫作頌，穆如清風。」毛傳：「清微之風化養萬物者也。」箋：「穆，和也。……如清風之養萬物。」〔註74〕以德教化百姓就像「清風」化養萬物，所以「清風」又能比喻德化人民。又《晉書・忠義傳》：「足以激清風於萬古，厲薄俗於當年者歟！」「清風」指美譽。〔註75〕如〈贈徐安宜〉：「清風動百里，惠化聞京師。」〔註76〕稱讚徐安宜的政績與教化如清風動乎百里之內，已名聞京師，聲譽日起。〈送楊燕之東魯〉：「四代三公族，清風播人天。」〔註77〕指楊燕的先祖在漢朝四世相繼，位至三公，其盛德已散播在天上人間。又〈春日陪楊江寧及諸官宴北湖感古作〉：「楊宰穆清風，芳聲騰海隅。」〔註78〕指楊利物出任江寧，其德政已如清風吹，聲譽遠播。〈贈宣城趙太守悅〉：「六國揚清風，英聲何喧喧。」〔註79〕「清風」指美譽。言美譽散播於天下，聲名顯赫。

（四）自然風物

「清風」是大自然的賜予，是取之不盡用之不竭的寶藏。「清風」常給人閒適怡情之感。如〈秋浦清溪雪夜對酒客有唱山鷓鴣者〉：「清風動窗竹，越鳥起相呼。」〔註80〕寫雪夜對飲，清風生於窗竹之間，越鳥和鳴而相應，悅情至樂，何必笙竽？〈陪族叔當塗宰遊化城寺升公清風亭〉：「閒居清風亭，左右清風來。」〔註81〕寫清風亭清涼之風從四面吹來。〈遊泰山六首之一〉：「天門一長嘯，萬里清風來。」〔註82〕寫倚靠在山中之天門，萬里清風颯然而至。〈與元丹丘方城寺

〔註74〕《十三經注疏・詩經》（台北：藝文印書館），頁655。
〔註75〕《二十五史・晉書》（台北：藝文印書館），頁1509。
〔註76〕詹鍈主編：《李白全集校注彙釋集評》，頁1270。
〔註77〕詹鍈主編：《李白全集校注彙釋集評》，頁2457。
〔註78〕詹鍈主編：《李白全集校注彙釋集評》，頁2848。
〔註79〕詹鍈主編：《李白全集校注彙釋集評》，頁1768。
〔註80〕詹鍈主編：《李白全集校注彙釋集評》，頁2869。
〔註81〕詹鍈主編：《李白全集校注彙釋集評》，頁2935。
〔註82〕詹鍈主編：《李白全集校注彙釋集評》，頁2791。

談玄作〉:「清風生虛空,明月見談笑。」〔註83〕寫與清風相伴,與明月對飲。〈翰林讀書言懷呈集賢諸學士〉:「雲天屬清朗,林壑憶遊眺。或時清風來,閑倚欄下嘯。」〔註84〕寫雖在翰林卻心在林壑。或遇清風徐來,閑倚闌下而長嘯。〈襄陽歌〉:「清風朗月不用一錢買」〔註85〕清風明月指良辰美景,既然清風明月隨處可得,何不好把握,盡情享用。似乎只要心境平和,清風隨處可得。

此外,「清風」不爲時空所限,能見證人事的遷移,如〈姑孰十詠之謝公宅〉:「惟有清風閑,時時起泉石。」〔註86〕寫謝公宅之竹、池、庭、井俱荒廢,只有清風仍起於泉石之間。〈古風五十九首之五十八〉:「我行巫山渚,尋古登陽臺。天空綵雲滅,地遠清風來。」〔註87〕寫巫山神女已不復可見,陽雲臺上只見清風吹來。有景物依舊,人事已非之感。

二、松風

松樹多生長在高山,是一種常綠喬木。松高大常青,所以常用來比喻君子品行高潔、操守堅貞,也能象徵長壽。文人隱居山林時,時常可見圍繞山林的松樹,清風吹來噓噓作響,化爲天籟,讓身臨其境者無不渾身通暢,進入神奇高妙、消遙自在的境界。根據《梁書》卷五十一〈處士傳・陶弘景傳〉記載:「永元初,更築三層樓,弘景處其上,弟子居其中,賓客至其下,與物遂絕,唯一家僮得侍其旁。特愛松風,每聞其響,欣然爲樂。有時獨遊泉石,望見者以爲仙人。」〔註88〕又《南史》卷七六〈隱逸傳下・陶弘景傳〉:「特愛松風,庭院皆植松,每聞其響,欣然爲樂。有時獨遊泉石,望見者以爲神仙。」

〔註83〕詹鍈主編:《李白全集校注彙釋集評》,頁3251。
〔註84〕詹鍈主編:《李白全集校注彙釋集評》,頁3467。
〔註85〕詹鍈主編:《李白全集校注彙釋集評》,頁973。
〔註86〕詹鍈主編:《李白全集校注彙釋集評》,頁3236。
〔註87〕詹鍈主編:《李白全集校注彙釋集評》,頁252。
〔註88〕《二十五史・梁書》(台北:藝文印書館),頁363。

〔註89〕南朝齊隱士陶弘景特愛風吹松樹的聲音，植松聞聲以爲樂。後因用作詠隱居之樂的典故，用「松風」渲染隱居樂趣。〔註90〕

從「陶景戀松」的典故看來，「松風」一詞著重在風吹松樹的聲音，其義近於「松聲」、「松濤」，然而「松風」意象其實不僅只是一種聽覺的營造，亦能帶領讀者視覺空間的想像，因此以下就視覺與聽覺兩方面解析「松風」意象。

（一）佳境勝景

松生長在山林中，故「松風」常用來描繪山中景致或情境。如〈見京兆韋參軍量移東陽二首之二〉：「全勝若耶好，莫道此行難。猿嘯千谿合，松風五月寒」〔註91〕以「松風」比喻風候佳。此詩以東陽景物清幽勸慰韋參軍流放到吳中。〈至陵陽山登天柱石酬韓侍御見招隱黃山〉：「因巢翠玉樹，忽見浮丘公。又引王子喬，吹笙舞松風」〔註92〕「松風」意指山林佳境。此詩寫黃山之勝宜仙人居，引來古仙浮丘公遊於此，王子喬於松風下吹笙。〈遊泰山六首之六〉：「山明月露白，夜靜松風歇」〔註93〕寫山間月白風歇之情境。〈與從姪杭州刺史良遊天竺寺〉：「天竺森在眼，松風颯驚秋。」〔註94〕以「松風」寫清涼境界。言天竺勝景盡收眼簾，松風颯然而至，境界清涼如秋先到。〈下終南山過斛斯山人宿置酒〉：「長歌吟松風，曲盡河星稀。我醉君復樂，陶然共忘機。」〔註95〕以「松風」展現悠閒自適的田家之樂。言在松風之下乘興長歌，曲盡更深，主人與客醉且樂，陶然忘機。〈夏日山中〉：「嬾搖白羽扇，躶袒青林中。脫巾挂石壁，露頂灑松風。」

〔註89〕《二十五史・南史》（台北：藝文印書館），頁872。

〔註90〕參見范之麟主編：《全宋詞典故辭典》（湖北：湖北辭書出版社，1996年，12月，初版），頁1094。

〔註91〕詹鍈主編：《李白全集校注彙釋集評》，頁1299。

〔註92〕詹鍈主編：《李白全集校注彙釋集評》，頁2764。

〔註93〕詹鍈主編：《李白全集校注彙釋集評》，頁2805。

〔註94〕詹鍈主編：《李白全集校注彙釋集評》，頁2815。

〔註95〕詹鍈主編：《李白全集校注彙釋集評》，頁2823。

〔註96〕寫夏日在山林內，松風中，搖扇、裸體、脫巾、露頂，慵懶而放曠自在。〈感興八首之五〉：「十五遊神仙，吹笙吟松風，汎瑟窺海月。」〔註97〕自言十五歲即有志於遊仙，嚮往王子喬在松風中吹笙，撫瑟窺探海月。〈題元丹丘山居〉：「松風清襟袖，石潭洗心耳。羨君無紛喧，高枕碧霞裏。」〔註98〕以「陶景戀松」、「許由洗耳」典故描述對隱居生活的羨慕。〈瀑布〉：「攝衣凌青霄，松風拂我足」〔註99〕寫瀑布之景，令人暢快！

（二）萬籟有聲

　　風吹過松林發出浪濤般聲響，更能顯現山中寂靜與恬淡。「松風」代表山林的聲音，大自然的音樂。〈贈嵩山焦鍊師〉：「還歸空山上，獨拂秋霞眠。蘿月挂朝鏡，松風鳴夜弦」〔註100〕「松風」指松濤。指焦鍊師得道於嵩山，四處雲遊後歸於東山，對月眠霞，靜聽松風。〈送王屋山人魏萬還王屋〉：「松風和猿聲，搜索連洞壑。」〔註101〕指松風與猿聲相連，往返於洞壑，聽來實在淒涼。〈大庭庫〉：「古木翔氣多，松風如五弦」〔註102〕古木參天引來松風響，就像五弦琴之琴音一樣優美。

第三節　秋風、長風、天風

　　秋風、長風、天風常見於描寫秋天的詩歌中，然而三者各有所重。秋風點明季節；長風強調距離；天風著重於天候變化。本文置於同一節討論之。

〔註96〕詹鍈主編：《李白全集校注彙釋集評》，頁3312。
〔註97〕詹鍈主編：《李白全集校注彙釋集評》，頁3442。
〔註98〕詹鍈主編：《李白全集校注彙釋集評》，頁3568。
〔註99〕詹鍈主編：《李白全集校注彙釋集評》，頁4460。
〔註100〕詹鍈主編：《李白全集校注彙釋集評》，頁1439。
〔註101〕詹鍈主編：《李白全集校注彙釋集評》，頁2257。
〔註102〕詹鍈主編：《李白全集校注彙釋集評》，頁2947。

一、秋風

「秋風」，以季節名稱冠之，顯然表明了季節。《禮記・鄉飲酒義》：「秋之為言愁也。」〔註103〕宋玉〈九辯〉：「悲哉秋之為氣也！蕭瑟兮草木搖落而變衰。憭慄兮若在遠行；登山臨水兮送將歸。」〔註104〕因為秋季物候的特質，「悲秋」似乎已是人之常情，而成為中國古典文學主題之一，秋風也成了悲秋文學常見的一角，在騷人作品中悲傷沉重已成一種必然。而在李白詩歌中，「悲秋」的情緒卻沒有這麼濃厚。《秋日魯郡堯祠亭上宴別杜補闕范侍御》：「我覺秋興逸，誰云秋興悲？山將落日去，水與晴空宜。」言秋高氣爽，宇宙空闊，惟覺其興趣飄逸，誰說秋興可悲？群山帶走了落日，水與晴空一色相宜。李白的秋天是清澄的，是涼爽的，是宜人的。所以當他以「秋風」吟詠秋情時較無深秋的悲感。此外，李白詩中的「秋風」常伴隨著相關典故，具有特定意義。以下是李白詩「秋風」意象解析：

（一）秋扇見棄

漢班婕妤〈怨歌行〉：「常恐秋節至，涼風奪炎熱。棄捐篋笥中，恩情中道絕。」〔註105〕以秋節至指時過色衰，女子將如秋扇一樣被廢棄，恩義斷絕。在李白詩中常見這樣的例子。如〈贈裴司馬〉：「君恩移昔愛，失寵秋風歸」〔註106〕「秋風」即引〈怨歌行〉之典故，言失寵。〈古風之二十七〉：「眉目豔皎月，一笑傾城歡。常恐碧草晚，坐泣秋風寒。」〔註107〕朱注：「碧草、秋風，時之邁也。」「秋風」比喻過時。此詩寫女子眉目之豔，有如皎月，一笑之間，傾城之貌。卻常恐時節一過，年老色衰而自傷。又如〈長信宮〉：「誰憐團扇妾，獨坐怨秋風？」〔註108〕亦同。此外，〈長干行二首之一〉：「苔深不能

〔註103〕孫希旦撰：《禮記集解》下冊（台北：文史哲出版，1990年），頁1434。
〔註104〕王逸：《楚辭章句》，頁246。
〔註105〕六臣註：《六臣註文選》上冊，頁513。
〔註106〕詹鍈主編：《李白全集校注彙釋集評》，頁1506。
〔註107〕詹鍈主編：《李白全集校注彙釋集評》，頁139。
〔註108〕詹鍈主編：《李白全集校注彙釋集評》，頁3668。

掃，落葉秋風早。八月蝴蝶來，雙飛西園草。感此傷妾心，坐愁紅顏老。」〔註109〕有秋風催人老之意。丈夫遲遲未歸，門前徑路皆生綠苔，秋風早至，眼看蝴蝶雙飛，自己卻只能白白的讓紅顏老去。

　　「秋風」除了用於女性，不得意的男子也用以自傷。〈留別賈舍人至二首之二〉：「秋風吹胡霜，凋此簷下芳。折芳怨歲晚，離別悽以傷。」〔註110〕同樣以「秋風」表遲暮，以花自傷。然而所述對象由女子轉為男子。言秋風吹到胡地，使屋簷下的紅花凋零，與君別離原想以花相贈，卻無花可折，甚為傷心。時不我與，在歷經災難與歲月摧殘後，晚景淒涼。

（二）思歸之嘆

　　當秋風吹起，大地轉涼，不禁令人想起家中溫暖，而興起歸返的念頭。〈送陸判官往琵琶峽〉：「水國秋風夜，殊非遠別時。長安如夢裏，何日是歸期。」〔註111〕言在近水之地，秋天之時，送別最難。從此處望長安如在夢裏，不知何時才是歸家之期？由送客寫到思歸。此詩以「秋風」起興，引發思鄉之情。

　　除此，李白詩也屢次引用「秋風」典故表達思歸之嘆。《世說新語‧識鑒》記載西晉吳人張翰在洛陽作官，見「秋風」起而想到故鄉的蒓羹、鱸魚鱠，感歎說：「人生貴得適志耳，何能羈宦數千里，以要名爵乎！」〔註112〕於是命駕而歸。張翰任心自適，不求當世。有人問他：「卿乃縱適一時，獨不為身後名邪？」張翰回答：「使我有身後名，不如即時一盃酒。」時人貴其曠達。後人常以此典故表達思歸或曠達，李白詩中更是常見。如〈行路難三首之三〉：「吳中張翰稱達生，秋風忽憶江東行。且樂生前一杯酒，何須身後千載名」〔註113〕以前人之例抒發辭官心志。〈於五松山贈南陵常贊府〉：「長劍歸乎來，秋風思歸客」

〔註109〕詹鍈主編：《李白全集校注彙釋集評》，頁614。
〔註110〕詹鍈主編：《李白全集校注彙釋集評》，頁2220。
〔註111〕詹鍈主編：《李白全集校注彙釋集評》，頁2545。
〔註112〕劉義慶《世說新語》（台北：藝文印書館），頁250。
〔註113〕詹鍈主編：《李白全集校注彙釋集評》，頁400。

〔註114〕表明己身高潔，恥與小人為伍，然而不為人了解的寂寞讓自己感嘆不如歸去。〈送張舍人之江東〉：「張翰江東去，正值秋風時。天清一鴈遠，海闊孤帆遲。」〔註115〕言張舍人正值秋天而歸江東，有如張翰。然就像遠天一隻雁，空闊大海上的孤帆，飄然離去，實為不捨。〈秋下荊門〉：「布帆無恙挂秋風」〔註116〕亦使用此一典故。

除了在外遊子於秋風之中想念家鄉，在家中的妻子在秋風中也盼著遊子歸來。〈子夜吳歌之秋歌〉：「長安一片月，萬戶搗衣聲。秋風吹不盡，總是玉關情。」〔註117〕秋風不斷吹拂，讓妻子感受大地變化，想起戍守邊關的丈夫是否有足夠的衣物避寒。長安月夜之下，萬戶搗衣，何時丈夫才能停止遠征，歸家聚首？

（三）吟詠秋情

「秋風」吹來，景物蕭條，令人悵然若失。如〈遊溧陽北湖亭望瓦屋山懷古贈 同旅〉：「天清白露下，始覺秋風還」〔註118〕因「秋風」去而復返，天氣清朗白露生，秋去秋來而感到歲月易逝。〈自梁園至敬亭山見會公談陵陽山水兼期同遊因有此贈〉：「我隨秋風來，瑤草恐衰歇。」〔註119〕言初秋渡江，恐瑤草衰落，景物蕭條，中途無名山可暢遊。〈遊敬亭寄崔侍御〉：「世路如秋風，相逢盡蕭索。」〔註120〕寫世道蕭索交情淒涼，有如「秋風」。〈三五七言〉：「秋風清，秋月明。落葉聚還散。」〔註121〕此為閨怨詩，因秋風引發相思。言秋風淒涼，秋月皎潔，落葉遇風飄散，此情此景，倍覺思念。

秋景除了引發歲月之感，在送別之時，更添離情。〈送崔氏昆季之金陵〉：「放歌倚東樓，行子期曉發。秋風渡江來，吹落山上月。」

〔註114〕詹鍈主編：《李白全集校注彙釋集評》，頁1792。
〔註115〕詹鍈主編：《李白全集校注彙釋集評》，頁2254。
〔註116〕詹鍈主編：《李白全集校注彙釋集評》，頁3135。
〔註117〕詹鍈主編：《李白全集校注彙釋集評》，頁939。
〔註118〕詹鍈主編：《李白全集校注彙釋集評》，頁1569。
〔註119〕詹鍈主編：《李白全集校注彙釋集評》，頁1796。
〔註120〕詹鍈主編：《李白全集校注彙釋集評》，頁2077。
〔註121〕詹鍈主編：《李白全集校注彙釋集評》，頁3642。

〔註122〕以「秋風」點明季節，以秋情表離別愁緒及內心不捨與無奈。言放歌倚於東樓之山，崔昆季將於清晨出發前往金陵。此時秋風渡江，吹落了山月，即將破曉。〈九日登山〉：「賓隨落葉散，帽逐秋風吹。別後登此臺，願言長相思。」〔註123〕「秋風吹帽」引用孟嘉典故。《晉書・孟嘉傳》：「九月九日，溫燕龍山，僚佐畢集。時佐吏並著戎服，有風至，吹嘉帽墮落，嘉不知覺。溫使左右勿言，欲觀其舉止。嘉良久如廁，溫令取還之，命孫盛作文嘲嘉，著嘉坐處。嘉還見，即答之，其文甚美，四坐嗟嘆。」〔註124〕此詩言賓客如落葉飄然散去，秋風之中以詩道別。別後如再登此臺，當撫景懷舊，思今日之情。而〈東山吟〉一詩：「酣來自作青海舞，秋風吹落紫綺冠。」〔註125〕亦使用同一典故，但寫與人同樂之狀。

　　李白的秋風帶些淡淡的傷感，但傳統悲秋情結比起來，輕盈許多。

二、長風

　　長，遠也。「長風」即遠風，也就是能渡越千里的風，因此「長風」具有強調空間距離的作用。也因為「長風」可以克服距離，凌駕空間，有排除萬難的氣勢，亦可用來表明心志。以下分成兩部分解析「長風」意象。

（一）跨越空間

　　「長風」出現在遊仙詩中，有凌虛御風之意。如〈古風之四十一〉：「永隨長風去，天外恣飄揚。」〔註126〕「長風」指遠風。言願隨長風而去，恣意飄揚，遊於宇宙，不為空間所限。〈遊泰山六首之四〉：「雲行信長風，颯若羽翼生。」〔註127〕亦同，言讓我乘雲駕風，如

〔註122〕詹鍈主編：《李白全集校注彙釋集評》，頁 2592。

〔註123〕詹鍈主編：《李白全集校注彙釋集評》，頁 2923。

〔註124〕《二十五史・晉書》（台北：藝文印書館），頁 1691。

〔註125〕詹鍈主編：《李白全集校注彙釋集評》，頁 1117。

〔註126〕詹鍈主編：《李白全集校注彙釋集評》，頁 196。

〔註127〕詹鍈主編：《李白全集校注彙釋集評》，頁 2791。

生羽翼，感受天地之浩翰。

除遊仙詩，「長風」強調空間距離之遙遠。如〈關山月〉：「長風幾萬里，吹度玉門關。」〔註128〕「長風」指遠從家鄉吹來的風。此詩爲樂府，寫久戍不歸的戰士思念家鄉的痛苦。言長風吹月，遠度玉門關。風渡越萬里，展現家鄉的遙遠，更突顯身不由己，不得歸的悲哀。〈宣州謝朓樓餞別校書叔雲〉：「長風萬里送秋雁，對此可以酣高樓。」〔註129〕秋季北雁南飛，隨長風飛越萬里長空，目送秋雁，正好陪友登樓酣飲。

（二）乘風破浪

《宋書・宗慤傳》：「叔父炳高尚不仕。慤年少時，炳問其志。慤曰：『願乘長風，破萬里浪。』」〔註130〕後人以「乘風破浪」喻不畏艱難或因勢而進或豪情壯志。如〈永王東巡歌十一首之八〉：「長風挂席勢難迴，海動山傾古月摧。君看帝子浮江日，何似龍驤出峽來。」〔註131〕以「長風挂席」寫永王東巡之豪情壯志。言舟師順流而下，乾坤爲之震動。有如龍驤將軍統兵出峽以伐吳，成功指日可待也。〈贈何七判官昌浩〉：「心隨長風去，吹散萬里雲。羞作濟南生，九十誦古文。」〔註132〕同樣以「長風吹雲」展現濟世的遠大志向。言願隨長風而去，吹散萬里之雲，使宇宙肅然而清夷，四海蒼生皆在光天化日之下。怎能終日俯首於殘編斷簡中，像濟南伏生年九十，垂老而誦古文。又如〈魯中送二從弟赴舉之西京〉：「復羨二龍去，才華冠世雄。平衢騁高足，逸翰凌長風」〔註133〕以「凌長風」贊許二弟才華突出又能因勢而進。言自己羨慕二弟俱有冠世的才華，如良馬馳騁於寬平的大道，他人望塵莫及；又如逸翰這種善飛的鳥御長風遨翔，直至雲霄。

〔註128〕詹鍈主編：《李白全集校注彙釋集評》，頁494。
〔註129〕詹鍈主編：《李白全集校注彙釋集評》，頁2566。
〔註130〕《二十五史・宋書》（台北：藝文印書館），頁951。
〔註131〕詹鍈主編：《李白全集校注彙釋集評》，頁1169。
〔註132〕詹鍈主編：《李白全集校注彙釋集評》，頁1333。
〔註133〕詹鍈主編：《李白全集校注彙釋集評》，頁2442。

在李白詩裏，「長風」常與孔子之語：「道不行，乘桴浮於海。」典故並用，表達避世念頭。〈秋夜與劉碭山泛宴喜亭池〉：「令人欲泛海，只待長風吹。」〔註134〕言秋夜張燈遊池，飲於池亭，樂甚，因而起泛海之興，欲乘桴避世。只待長風吹拂，即可前往。

「長風」也用於寫景，寫船隻乘風破浪之狀。如〈登黃山凌歊臺送族弟溧陽尉濟充泛舟赴華陰〉：「開帆散長風，舒卷與雲齊。」〔註135〕則直接摹寫送別時江上景致。言只見大舟小舟遍佈於長江，乘風往來，不知其數。又如〈九日登巴陵置酒望洞庭水軍〉：「長風鼓橫波，合沓蹙龍文。憶昔傳遊豫，樓船壯橫汾。」〔註136〕寫長風激起波浪，重疊如皺縮的龍紋。讓人想起以前漢武帝巡視河東，與羣臣乘樓船宴飲於汾水之事。

三、天風

天風，蓋指因天候變化所起之大風。常用來形容海上之風。天風難測，又險惡，因此李白詩也用以比喻仕進之路艱難。以下是「天風」意象的解析。

（一）仕途坎坷

「天風」變幻不定，風起浪湧，難以渡越而到達目的，就像李白從政之路多舛，故詩中常以「天風」表達艱險。如〈古有所思行〉：「我思仙人乃在碧海之東隅，海寒多天風，白波連天倒蓬壺。」〔註137〕此詩寫求仙，或言求佳人，意在君臣。「天風」用來描繪海上景象，海風寒，波濤洶湧，求仙不易。〈橫江詞六首之六〉：「月暈天風霧不開，海鯨東蹙百川迴。驚波一起三山動，公無渡河歸去來！」〔註138〕「天風」喻政途險惡。此詩以「天風」之惡，勸其歸去來。言月暈而

〔註134〕詹鍈主編：《李白全集校注彙釋集評》，頁2808。
〔註135〕詹鍈主編：《李白全集校注彙釋集評》，頁2595。
〔註136〕詹鍈主編：《李白全集校注彙釋集評》，頁3045。
〔註137〕詹鍈主編：《李白全集校注彙釋集評》，頁564。
〔註138〕詹鍈主編：《李白全集校注彙釋集評》，頁1111。

知天起大風，霧氣昏暗，鯨魚在東海迫促百川倒流，形成海潮。驚濤一起，三山爲之動搖。此時不宜渡河，還不如回去吧！〈贈任城盧主簿〉：「海鳥知天風，竄身魯門東。」〔註139〕此詩爲李白客遊於魯，不遇而悲時所作，「天風」喻仕途坎坷，海鳥用以自況。《莊子‧至樂》：「昔者海鳥止於魯郊，魯侯御而觴之於廟，奏《九韶》以爲樂，具太牢以爲膳，鳥乃眩視憂悲，不敢食一臠，不敢飲一杯，三日而死，此以己養養鳥也。夫以鳥養養鳥者，宜棲之深林，游之壇陸，浮之江湖，……。」〔註140〕《國語‧魯語》：「海鳥曰爰居，止於魯東門之外三日，臧文仲使國人祭之。展禽曰：『今茲海其有災乎？夫廣川之鳥獸，恒知而避其災也』是歲也，海多大風，冬暖。」〔註141〕此二句詩意謂海鳥爰居能知海上多風，先避於魯之東門。

（二）借風駛船

「天風」常指海上之風，舟船揚帆須借風行駛。自然在藉水道行旅的過程中成爲不可缺一角。如〈估客樂〉：「海客乘天風，將船遠行役。譬如雲中鳥，一去無蹤跡。」〔註142〕言航海商旅乘著天風，隨船遠行，就像雲中飛鳥，一去無蹤影。〈新林浦阻風寄友人〉：「潮水定可信，天風難與期。清晨西北轉，薄暮東南吹。以此難挂席，佳期益相思。」〔註143〕言浦水通海潮，潮水起落有一定週期，天風的順逆卻不可預期，或朝從西北而起暮又向東南吹，因此船隻難以啓航，阻礙相會的好日子，更增加我的相思。〈流夜郎至西塞驛寄裴隱〉：「揚帆借天風，水驛苦不緩，平明及西塞，已先投沙伴。」〔註144〕言藉天風之力，使船的行程甚速，一早就到了西塞。念昔此地，屈原投江而亡，裴隱非罪而謫於此，可說是屈原之徒。只是船行過速，錯過相會機會。

〔註139〕詹鍈主編：《李白全集校注彙釋集評》，頁 1274。
〔註140〕郭慶藩輯：《莊子集釋》(台北：華正書局，1994 年八月版)，頁 621。
〔註141〕詹鍈主編：《李白全集校注彙釋集評》，頁 1275。
〔註142〕詹鍈主編：《李白全集校注彙釋集評》，頁 947。
〔註143〕詹鍈主編：《李白全集校注彙釋集評》，頁 1966。
〔註144〕詹鍈主編：《李白全集校注彙釋集評》，頁 2033。

另外〈魯城北郭曲腰桑下送張子還嵩陽〉:「送別枯桑下,凋葉落半空。我行懵道遠,爾獨知天風?」〔註145〕《文選‧樂府古辭》〈飲馬長城窟行〉:「枯桑知天風,海水知天寒」李善注:「枯桑無枝,尚知天風,海水廣大,尚知天寒。君子行役,豈不離風寒之患乎?」此詩化用此一典故,言魯城之北,桑葉凋落已過半矣。枯桑能知天風,我卻懵然不知天已寒,行已遠。

第四節　風塵、風雲、風波

風塵、風雲、風波,以同一詞類聯合方式出現,屬於並列結構,平行關係的詞聯,而且都是名詞與名詞的聯合,在李白詩中風雨、風霜、風沙、風水、風雷等皆屬之,然而以風塵、風雲、風波三個詞聯最爲常見,其義相當於風與塵、風與雲、風與波。本文將三者放置同一節討論。

一、風塵

風塵,風挾帶著塵土,爲平凡卑微之物。故常用以形容貧賤或惡劣環境。相較於潔淨美好的仙境,「風塵」代指人間;相對於朝廷,「風塵」代指民間。塵土飛揚之狀,一片混亂,所以「風塵」亦可形容忙碌的樣子,或是戰爭。以下是「風塵」意象的解析。

(一)紅塵世俗

相對於仙境,「風塵」借指爲人間。如〈古風之四〉:「吾營紫河車,千載落風塵。藥物秘海嶽,採鉛青溪濱。」〔註146〕「風塵」指人間。人生短促,不能長生。因此苦鍊丹藥紫河車,希望能千年脫落於風塵,但靈藥秘藏於四海五嶽,只有清溪之濱,有鉛可採。〈贈韋祕書子春二首之二〉:「徒爲風塵苦,一官已白鬚。」〔註147〕「風塵」指世俗瑣事。言子春爲秘書之官,官卑祿薄,一輩子白白的爲紅塵俗

〔註145〕詹鍈主編:《李白全集校注彙釋集評》,頁2355。
〔註146〕詹鍈主編:《李白全集校注彙釋集評》,頁44。
〔註147〕詹鍈主編:《李白全集校注彙釋集評》,頁1316。

事所苦，如今年老，髮已白矣！〈北山獨酌寄韋六〉：「傾壺事幽酌，顧影還獨盡。念君風塵游，傲爾令自哂。」〔註148〕寫自己隱居嵩山，獨自酌酒，會讓在風塵中尋求名利的你自嘲的。〈送王屋山人魏萬還王屋〉：「身著日本裘，昂藏出風塵。」〔註149〕「風塵」指人間。言魏萬身穿日本詩僧晁衡所贈的裘衣，氣宇軒昂，人間少有。〈王右軍〉：「右軍本清眞，瀟灑在風塵。」〔註150〕歌詠王羲之性情淡泊寡欲，無所牽累，瀟灑出於紅塵。

相對於朝廷，「風塵」意指民間。如〈鳴皋歌送岑徵君〉：「若使巢由桎梏於軒冕兮，亦奚異乎夔龍蹩躠於風塵」〔註151〕「風塵」指民間。言巢父、許由以隱居爲樂，夔龍以行道濟時爲志。若使巢、由羈身於軒冕，與夔龍廢棄於民間無異，皆不遂其志。〈魯郡堯祠送張十四遊河北〉：「猛虎伏尺草，雖藏難蔽身。有如張公子，骯髒在風塵。」〔註152〕「風塵」指民間、草莽；「骯髒」形容挺拔的樣子。言猛虎雖潛伏於淺草之中，仍難以掩蔽，因爲文章炳煥。有如張十四雖在風塵之中，骯髒挺拔，氣宇不凡。

（二）惡劣環境

「風塵」給人低下輕賤之感，故借指卑微之物。〈少年行〉：「男兒百年且樂命，何須徇書受貧病？男兒百年且榮身，何須徇節甘風塵？」〔註153〕「風塵」言風沙塵土。此詩爲李白憤世嫉俗之作，言男子應樂命榮身，不該苦讀或以死殉節，讓自己貧病交加或屍身與塵土同和。

「風塵」也用來借指惡劣貧賤的環境。如〈駕去溫泉後贈楊山人〉：「少年落托楚漢間，風塵蕭瑟多苦顏。自言管葛竟誰許？長吁莫

〔註148〕詹鍈主編：《李白全集校注彙釋集評》，頁 1977。
〔註149〕詹鍈主編：《李白全集校注彙釋集評》，頁 2257。
〔註150〕詹鍈主編：《李白全集校注彙釋集評》，頁 3150。
〔註151〕詹鍈主編：《李白全集校注彙釋集評》，頁 1067。
〔註152〕詹鍈主編：《李白全集校注彙釋集評》，頁 2369。
〔註153〕詹鍈主編：《李白全集校注彙釋集評》，頁 948。

錯還閉關。」〔註154〕「風塵」言風沙塵土，指貧苦環境。酈食其，據《漢書·酈陸朱劉叔孫傳》：「酈食其，陳留高陽人也。好讀書，家貧落魄，無衣食業。」〔註155〕此詩自敘少年之時，流寓於楚漢之間，若古之酈食其，家貧落魄。在風塵蕭瑟中臉色淒苦。即使有像管仲、諸葛亮一樣的抱負，卻沒有人能贊許我的才能。於是長歎，寂然閉關，藏身自守。

另外，戰場黃沙滾滾，戰爭更是塵土飛揚，一片混亂，所以「風塵」也讓人聯想到戰亂。如〈流夜郎贈辛判官〉：「夫子紅顏我少年，章臺走馬著金鞭。文章獻納麒麟殿，歌舞淹留玳瑁筵。與君自謂長如此，寧知草動風塵起！」〔註156〕「風塵」指禍亂。言我與君年少時，走馬於章臺下街，將文章獻於麒麟殿，朝貴相邀，歌舞昇天，太平無事，自謂與君可以終身無憂。哪知草動風塵起，禍亂作干戈興，身世多憂。

二、風雲

風雲，《周易·乾卦》：「雲從龍，風從虎。」孔穎達《正義》：「龍是水畜，雲是水氣，故龍吟則景雲出，是雲從龍也。虎是威猛之獸，風是震動之氣，亦是同類相感，故虎嘯則谷風生，是風從虎也。」〔註157〕後人因此以風雲比喻人的際遇，以風雲際會比喻君臣遇合。又進一步引伸為才氣縱橫。

（一）人之際遇

「風雲」，常用以形容君臣的遇合。如〈梁甫吟〉：「梁甫吟，聲正悲。張公兩龍劍，神物合有時。風雲感會起屠釣，大人倪屼當安之。」〔註158〕〈梁甫吟〉是古代用作葬歌的一支民間曲調，音調悲

〔註154〕詹鍈主編：《李白全集校注彙釋集評》，頁1347。
〔註155〕《二十五史·漢書》（台北：藝文印書館），頁1025。
〔註156〕詹鍈主編：《李白全集校注彙釋集評》，頁1652。
〔註157〕《十三經注疏·周易》（台北：藝文印書館），頁15。
〔註158〕詹鍈主編：《李白全集校注彙釋集評》，頁316。

切凄苦。諸葛亮曾作〈梁甫吟〉一首，寫春秋時齊相晏子「二桃殺三士」，通過對死者哀悼，譴責讒言害賢的陰謀。李白詩也用此一典故，推測應於「賜金放還」，離開長安所作。此詩以「風雲感會」形容呂尚遇周文王，有與明君遇合的意思。呂尚，據《戰國策·秦策三》：「臣（范雎）聞時呂尚之遇文王也，身爲漁父而釣於渭陽之濱耳。」又《秦策五》：「姚賈曰：『太公望，齊之逐夫，朝歌之廢屠，子良之逐臣，棘津之庸不讎，文王用之而王。』」另《韓詩外傳》：「呂望行年五十，賣食棘津，年七十屠於朝歌，九十乃爲天子師，則遇文王也。」做過屠夫和漁父的呂尚到九十歲才遇文王，成爲天子師，李白以此例來安慰自己耐心等待。此段呼應篇首「何時見陽春？」句，言正如張公的干將、莫邪二劍，不會永遠埋沒於塵土，我和明主雖被小人阻隔，終有會合的時候。既然做過屠夫和釣徒的呂望最仍能際會風雲，與明主遇合，建立功勛。那麼自己應該安時待命，等到這一天的來臨。

又如〈讀諸葛武侯傳書懷贈長安崔少府叔封昆季〉：「魚水三顧合，風雲四海生。」〔註159〕「風雲」指君臣遇合。《三國志·蜀書·諸葛亮傳》：「先主解之曰：『孤有孔明，猶魚之有水也。』」〔註160〕三顧茅廬讓劉備與諸葛亮這對君臣遇合，如魚水相投，又如風雲際會。〈贈新平少年〉：「摧殘檻中虎，羈紲韝上鷹，何時騰風雲，搏擊申所能？」〔註161〕「騰風雲」指得到君主賞識以一展長才。言韓信貧賤，而有富貴之日；我則久困於貧賤。這種摧殘有如檻中虎不得逞其搏噬之威；又如韝上之鷹受羈絆不能奮力飛翔。什麼時候才能飛騰風雲之上，搏扶搖而上，大展長才呢？〈贈宣城趙太守悅〉：「閑吟步竹石，精義忘朝昏。顦悴成醜士，風雲何足論。」〔註162〕言處於貧賤仍不忘吟詠，只是憔悴若此，還談什麼風雲際會，君臣遇合呢？〈獻

〔註159〕詹鍈主編：《李白全集校注彙釋集評》，頁1338。
〔註160〕《二十五史·三國志》（台北：藝文印書館），頁784。
〔註161〕詹鍈主編：《李白全集校注彙釋集評》，頁1422。
〔註162〕詹鍈主編：《李白全集校注彙釋集評》，頁1768。

從叔當塗宰陽冰〉：「激昂風雲氣，終協龍虎精。」〔註163〕言李陽冰豪俠激昂，終當爲君王輔弼大臣。

（二）才氣非凡

雲從龍，風從虎，龍虎皆爲不凡之物，所以「風雲」也用來形容才華出眾，氣勢非凡。〈猛虎行〉：「楚人每道張旭奇，心藏風雲世莫知。三吳邦伯皆顧眄，四海雄俠兩追隨。蕭曹曾作沛中吏，攀龍附鳳當有時。」〔註164〕「風雲」指才華。六句皆是贊美張旭之詞。言楚人常說張旭是奇人，藏有滿腹才華世人莫知，三吳州牧都眷顧禮遇他，天下豪俠相追隨，就像曹參與蕭何曾在沛縣爲吏，要追隨帝王是可期待的。〈歷陽壯士勤將軍名思齊歌〉：「蓄洩數千載，風雲何霾對。特生勤將軍，神力百夫倍。」〔註165〕以「風雲」形容氣勢磅礡的樣子。此詩歌頌壯士勤將軍武藝蓋世，俠義勇猛，臂力過人。〈贈張相鎬二首之一〉：「臥病古松滋，蒼山空四鄰。風雲激壯志，枯槁驚常倫。」〔註166〕「風雲」指豪情壯志。言自己逃難又病臥於宿松之山，寄身於荒涼之境，豪情壯志不得伸展，徒然激切於心，枯槁貧寒異於眾人。〈自溧水道哭王炎三首之一〉：「名飛日月上，義與風雲翔。逸氣竟莫展，英圖俄夭傷。」〔註167〕此詩哀悼王炎。以「風雲」形容王炎義薄雲天，義氣與風雲同翔，可惜尚未施展即早逝。

另外，〈送張秀才謁高中丞〉：「兩龍爭鬥時，天地動風雲」〔註168〕兩龍爭鬥指楚漢相爭；動風雲指戰爭之狀。言楚漢相爭使天地風雲爲之震動。

〔註163〕詹鍈主編：《李白全集校注彙釋集評》，頁1867。
〔註164〕詹鍈主編：《李白全集校注彙釋集評》，頁907。
〔註165〕詹鍈主編：《李白全集校注彙釋集評》，頁1233。
〔註166〕詹鍈主編：《李白全集校注彙釋集評》，頁1617。
〔註167〕詹鍈主編：《李白全集校注彙釋集評》，頁3752。
〔註168〕詹鍈主編：《李白全集校注彙釋集評》，頁2510。

三、風波

風波，指江上大風吹起波濤，常用以形容江上之險惡，為渡江船隻所懼，又能引伸為險阻，甚至是災難。以下則分成兩部分解析李白詩中「風波」之意象。

（一）風浪險阻

商旅須經常在外奔波，渡江來去乃極為頻繁。面對丈夫久未歸家，妻子必相當牽掛。除了思念，也擔心對方安危，渡江時是否平安渡越風波。如〈荊州歌〉：「白帝城邊足風波，瞿塘五月誰敢過？荊州麥熟繭成蛾。繰絲憶君頭緒多，撥穀飛鳴奈妾何！」〔註169〕「風波」言風浪大，十分驚險。此詩寫荊州婦女憶念其在外的丈夫，為夫君旅途風險擔憂。言白帝城邊五月時，江水暴漲多風波，瞿塘之險，舟人所戒。此時正值麥熟繭成，念夫遠行，心如亂絲，布穀鳥飛鳴，春天已過，君尚未歸，而妾又奈何！〈長干行二首之二〉：「湘潭幾日到，妾夢越風波。昨夜狂風度，吹折江頭樹。」〔註170〕「風波」指風浪，亦可指險阻。此詩同樣寫商婦的感情與對在外丈夫的擔憂。

經常南北漫遊的李白，亦須提防江上風浪。在人生旅途中渡越險阻。如〈橫江詞六首之二〉：「海潮南去過尋陽，牛渚由來險馬當。橫江欲渡風波惡，一水牽愁萬里長。」〔註171〕「風波」亦指江上風浪、潮流。橫江，指橫江浦與采石磯相對的一段江面。長江水因受天門山阻遏，由東西流向改為南北流向，故稱。李白擬樂府，敘述渡江風波險惡，亦以寄託身世之感與家國之憂。此詩言橫江與牛渚相對，乃在潯陽之下、馬當之上。而牛渚之險，又超過馬當。想渡江卻擔心江上風波險惡，我的憂愁好比一江之水，無窮無盡。〈橫江詞六首之五〉：「橫江館前津吏迎，向余東指海雲生。郎今欲渡緣何事？如此風波不

〔註169〕詹鍈主編：《李白全集校注彙釋集評》，頁554。
〔註170〕詹鍈主編：《李白全集校注彙釋集評》，頁619。
〔註171〕詹鍈主編：《李白全集校注彙釋集評》，頁1103。

可行。」〔註172〕言橫江館前，管濟渡的官吏前來迎接，向我東指說：
「凡風起雲先生。今海雲忽生，必有大風。今日渡緣所爲何事？這樣
的風浪不可行。」

　　此外，「風波」也用來描繪江上之景。如〈姑孰十詠十首之二
丹陽湖〉：「湖與元氣連，風波浩難止。天外賈客歸，雲間片帆起」
〔註173〕此詩寫丹陽湖上之景。言湖與天相連，風浪大難平靜。天
邊商旅歸來，看到片片船帆起於雲間。

（二）喻指災難

　　江上之風浪有如人間的災難。如〈遠別離〉：「帝子泣兮綠雲間，
隨風波兮去無還。慟哭兮遠望，見蒼梧之深山。蒼梧山崩湘水絕，竹
上之淚乃可滅。」〔註174〕「風波」指舜南巡野死之事。帝子，《楚辭·
九歌·湘夫人》：「帝子降兮北渚。」王逸注：「帝子，謂堯女也。」
蕭注：「帝子即娥皇、女英也。」綠雲指竹。此詩藉舜二妃追舜不及，
淚染湘竹之事，言遠別離之苦。又如〈永王東巡歌十一首之一〉：「永
王正月東出師，天子遙分龍虎旗。樓船一舉風波靜，江漢翻爲雁鶩池。」
〔註175〕「風波」喻指戰亂。此詩歌頌永王璘承命東巡，並期待永王
出師成功。言永王於天子即位之初，承命出師，以巡東南。分以龍虎
之旗，任以藩屏之職，王乃啓行樓船，一舉而風浪平靜，江漢之地皆
爲我王的雁鶩之池。

第五節　小　結

　　李白詩中的「風」意象，隨著形容性附加語及聯合並列之名詞的
不同而產生不同意義及風貌，可謂多彩多姿。但大致脫離不了季節的
暗示、時間的變化、空間的傳遞、環境的描繪，營造詩歌的時空背景。

〔註172〕詹鍈主編：《李白全集校注彙釋集評》，頁1108。
〔註173〕詹鍈主編：《李白全集校注彙釋集評》，頁3235。
〔註174〕詹鍈主編：《李白全集校注彙釋集評》，頁267。
〔註175〕詹鍈主編：《李白全集校注彙釋集評》，頁1155。

中國古典詩往往是寓情於景，情景交融。因此時空背景的設計在詩歌中佔有舉足輕重的地位，也使得「風」意象成爲解詩非常重要一環。它牽扯到不僅只於作者的寫作背景，時空場景又經常是詩人感情的投射，情與境的交互作用可說是相當複雜。黃永武〈詩的時空設計〉一文中就說：

> 中國詩的情，往往高度複雜而縱橫鉤慣於時空中，藉著自然時空的推移而忽隱忽現。人與自然時空是那樣奇妙地融合無間，情感與哲理，不喜歡脫離時空景象，去做純粹的摹情說理，每每透過時空實象的交互映射，以形象化。〔註176〕

透過「風」意象的解析，我們得到的不只是春、夏、秋、冬季節變化的訊息，而是在春風拂面之時，李白所抱持及時行樂的人生態度；夏天松風之下，李白所透露隱居求仙的思想；秋風蕭瑟之間，李白所抒發懷才不遇的情感；冬日狂風之中，李白所展現憂國憂民的胸懷。透過「風」意象，我們更了解李白其人及其詩。

〔註176〕黃永武：《中國詩學—設計篇》（台北：巨流圖書公司，1989 年 11 月），頁 43。

第五章　李白詩歌「風」
意象群的運用

　　作爲詩歌的本體，若干意象通過不同的方法組合在一起，構成相對獨立的意義符號系統，我們稱之爲「意象群」。〔註1〕不同的意象群體反映不同的藝術場景，體現了詩人不同的生命力量。而意象的選擇與組合也是詩歌題材多樣化的的重要原因。所謂意象組合，就是用一個接一個的意象，按照一定的美學原則把它們有機地組合起來，形成一個密集而又精緻的意象群落，使它們產生對比、襯托、聯想、暗示等作用，讓讀者通過一系列的意象組合，呈現出一幅幅具體、鮮活的畫面來揣摩和領悟詩人的情感和心理。〔註2〕意象本身並不是詩，但一個個意象經詩人苦心經營，巧妙組合，形成一個整體，才能成詩。李元洛《詩美學》即言：

> 意象，只是一首詩的元件，單一地來看，即使意象本身新穎而內涵豐富，但如果不是在一個統一的主題和構思之下巧妙地組合起來，而是各自爲政地處於孤立的狀態，或者缺乏內在有機聯繫，那充其量也只是一些斷金碎玉而已，

〔註1〕謝群〈試論中國古典詩歌意象群組合的歷史傳承性〉《湘潭師範學院學報》第23卷第3期，2001年7月，頁71。

〔註2〕陳樹寶：〈詩歌中的意象與意象組合〉《寧波教育學院學報》第8卷，第3期，2006年6月，頁29。

並不能保證建成一座耀眼輝光的詩的殿堂。〔註3〕

因此，除了個別意象的解析，本章更進一步探討李白詩「風」意象群的運用，藉由「風與女性」、「風與山水」、「風與音樂」的意象組合，了解這些意象群與李白詩歌的主題之間關係。

第一節　風與女性—怨與樂

在中國古典詩歌中，女子登樓悵望，倚窗相思的描寫屢見不鮮。使得女性成為詩歌常見意象之一。由詩經的首開先河，或寫男女相思；或寫摽梅之怨、思婦之怨、棄婦之怨等。至屈原離騷以男女喻君臣的手法，以美人代指君王。而宋玉〈高唐賦〉、〈神女賦〉，曹植〈美女篇〉、〈洛神賦〉更夾帶大量女性美的描寫。剛柔兼具的南北朝樂府民歌、風靡一時的宮體詩、《玉台新詠》愛情詩皆圍繞女性吟詠。到唐代邊塞、宮怨、閨怨詩大興，主題陣容更為壯觀。所描繪女性依身分可分成宮廷婦女、官宦婦女、平民婦女、女尼或道姑、娼妓等。然而當我們檢視這些作品時發現，作者大部分為男性，也就是說這些作品大部分是擬作、代言的方式，所描繪的是男性觀點下的女性。

在李白詩歌中「女性」亦為常見意象，而且經常與「風」一起出現在以「閨怨」及「行樂」為主題的作品中，女子之怨與男子之樂，一種相當有趣的對比現象。因此本節就從「風」與「女性」所結合意象群的運用來探討李白詩歌「閨怨」及「行樂」兩大主題。

一、閨怨：風—女性—花

閨怨詩在唐代盛行，除文學本身及音樂因素外，歸因於禮教傳統的延續、內外征戰不斷、時人熱衷追求科舉功名、商業鼎盛、宮廷體制及門第間婚配重財貨、養妓之風與娼妓的文學創作等。〔註4〕

〔註3〕李元洛：《詩美學》（台北：東大圖書公司，1990年），頁176。
〔註4〕參見許翠雲：〈唐代閨怨詩研究〉國立臺灣師範大學中國文學研究所1988年碩士論文。

唐代婦女在思想上依舊受到教育與婚姻等傳統禮教的束縛，而存在
著男尊女卑、家族至上、男性中心的思想觀念。在政治方面，與內
宮嬪妃制度的建立有關；在社會方面，則因社會風氣的開放致令娼
妓與女冠活躍。在家庭方面，多與丈夫出外謀生、遊學、遊宦、遊
歷、從商、遠戍、出征有關。如士子的熱衷追求科舉功名，導致宦
婦的翹首遠盼；商人的重利輕別，則有商婦的獨守空閨；丈夫遠征
從戎，是征婦心中最大的牽掛。以唐代閨怨詩中的女性形象來看，
不管是閑情蕭索的宮廷婦女、深情專執的思婦、癡情寬容的棄婦、
春情迸發的少女、多情解語的娼妓抑或是任情率眞的女冠，每一個
形象總能讓人眞切感受到她們內心深處的苦楚與盼望。〔註5〕在這
樣時代風氣下，李白詩歌中也有爲數不少閨怨作品。這些作品除了
以「美人」、「妾」、「眉」、「紅顏」、「女」、「閨」等詞展現「女性」
意象外，常以「風」意象，尤其是「春風」與「秋風」來塑造時空
背景，烘托女子心境。如〈上之回〉：

> 三十六離宮，樓臺與天通。閣道步行月，美人愁煙空。恩
> 疏寵不及，桃李傷春風。淫樂意何極，金輿向回中。萬乘
> 出黃道，千旗揚彩虹。前軍細柳北，後騎甘泉東。豈問渭
> 川老，寧邀襄野童。但慕瑤池宴，歸來樂未窮。〔註6〕

「離宮」，天子遊幸之別宮，所以「美人」是宮廷裏的婦女，此爲一
首「宮怨」詩。因嬪妃制度的建立，不少嬪妃宮女於青春方盛之時獲
選入宮，幸運的，偶得君王臨幸；不幸的，一生未得蒙雨露。但歲月
無情，紅顏漸老，時過被棄是共同的宿命。「風」在宮怨詩中，所代
表的不僅是空氣的流動，也是時間的流動，而時間的流動對這些女子
而言又是何等殘忍。此詩言宮中美人在高聳通於天的樓台上，步行於
閣道，望幸不得，感嘆紅顏易老，如桃李怨春風。桃李指桃花李花，
暮春之時花落色衰。此詩結合「離宮」、「美人」、「桃李」、「春風」意

〔註5〕參見曾莉莉〈唐代婦女閨怨詩研究〉 國立高雄師範大學／國文教學
　　　　碩士班 2003 年碩士論文。
〔註6〕詹鍈主編：《李白全集校注彙釋集評》，頁 624。

象呈現宮女之怨。又〈怨歌行〉：

> 十五入漢宮，花顏笑春紅。君王選玉色，侍寢金屏中。薦枕嬌夕月，卷衣戀春風。寧知趙飛燕，奪寵恨無窮。沈憂能傷人，綠鬢成霜蓬。一朝不得意，世事徒爲空。鸕鷀換美酒，舞衣罷雕龍。寒苦不忍言，爲君奏絲桐。腸斷弦亦絕，悲心夜忡忡。〔註7〕

從「漢宮」、「趙飛燕」判斷詩中女子亦是宮廷裏的婦女，爲「宮怨」詩。「花顏」、「春風」言得寵時青春美麗十分得意，與失寵後「霜蓬」成強烈對比，更強化內心哀痛。又如〈長信宮〉：

> 月皎昭陽殿，霜清長信宮。天行乘玉輦，飛燕與君同。別有歡娛處，承恩樂未窮。誰憐團扇妾，獨坐怨秋風。〔註8〕

「朝陽殿」、「長信宮」、「妾」，描述對象爲宮廷婦女。「飛燕」之得意對比宮女色衰失寵，「秋風」、「團扇」，以秋扇比喻宮女時過見棄。大抵這些宮怨詩以「宮」、「殿」意象點出空間場景，以「風」展現時間背景，而美人見「春風」則憂己如落花，見「秋風」則悲己如「團扇」。

除了宮中婦女，「思婦」亦是描寫對象。所謂「思婦」，即幽居深閨，日夜思夫、盼夫來歸的婦女。之所以如此，大抵緣於丈夫因游宦、征戍、經商等因素遠走天涯，而妻子不克同行，於是由空間的疏離阻隔引起懷想難捨。隨時間流變而生猜疑憂思，這種苦痛隨一年四季、歲歲年年無盡漫延。〔註9〕如〈長相思〉：

> 日色已盡花含煙，月明欲素愁不眠。趙瑟初停鳳凰柱，蜀琴欲奏鴛鴦弦。此曲有意無人傳，願隨春風寄燕然。憶君迢迢隔青天，昔日橫波目。今成流淚泉。不信妾腸斷，歸來看取明鏡前。〔註10〕

〔註7〕詹鍈主編：《李白全集校注彙釋集評》，頁696。

〔註8〕詹鍈主編：《李白全集校注彙釋集評》，頁3668。

〔註9〕參見梅家玲：〈漢晉詩歌中「思婦文本」的形成及其相關問題〉收入鍾慧玲主編：《女性主義與中國文學》（台北：里仁書局，1997年4月初版），頁36。

〔註10〕詹鍈主編：《李白全集校注彙釋集評》，頁970。

「花」、「月」、「妾」點出因思愁不能成眠的閨中女子。「蜀琴」引用司馬相如情挑卓文君之事，借以傳情。然而君於迢迢千里之外，如何將心意傳至對方？只能假託「春風」。又如〈擣衣篇〉：

> 閨裡佳人年十餘，顰蛾對影恨離居。忽逢江上春歸燕，銜得雲中尺素書。玉手開緘長歎息，狂夫猶戍交河北。萬里交河水北流，願爲雙燕泛中洲。君邊雲擁青絲騎，妾處苔生紅粉樓。樓上春風日將歇，誰能攬鏡看愁髮。曉吹員管隨落花，夜擣戎衣向明月。明月高高刻漏長，眞珠簾箔掩蘭堂。橫垂寶幄同心結，半拂瓊筵蘇合香。瓊筵寶幄連枝錦，燈燭熒熒照孤寢。有便憑將金剪刀，爲君留下相思枕。摘盡庭蘭不見君，紅巾拭淚生氤氳。明年若更征邊塞，願作陽臺一段雲。〔註11〕

藉「佳人」、「玉手」、「蛾」、「妾」雕塑女性形象。以「春風」將歇指出暮春時節，以「月」代表夜晚。「落花」用以自傷；攬「鏡」以悲愁；「燈燭」表孤寂。「邊塞」則說明丈夫遠行原因。在這些意象組合下，一位思念征夫而輾轉難眠的「思婦」躍然紙上。又如〈古意〉：

> 君爲女蘿草，妾作兔絲花。輕條不自引，爲逐春風斜。百丈託遠松，纏綿成一家。誰言會面易，各在青山崖。女蘿發馨香，兔絲斷人腸。枝枝相糾結，葉葉競飄揚。生子不知根，因誰共芬芳。中巢雙翡翠，上宿紫鴛鴦。若識二草心，海潮亦可量。〔註12〕

以「女蘿草」、「兔絲花」言纏綿之感情，以「春風」吹「輕條」代表別離。又〈久別離〉：

> 別來幾春未還家，玉窗五見櫻桃花。況有錦字書，開緘使人嗟。至此腸斷彼心絕，雲鬟綠鬢罷梳結，愁如回飆亂白雪。去年寄書報陽臺，今年寄書重相催。胡爲乎東風，爲我吹行雲使西來。待來竟不來，落花寂寂委青苔。〔註13〕

〔註11〕詹鍈主編：《李白全集校注彙釋集評》，頁 953。
〔註12〕詹鍈主編：《李白全集校注彙釋集評》，頁 1245。
〔註13〕詹鍈主編：《李白全集校注彙釋集評》，頁 567。

「雲鬟」、「綠鬢」除塑造女性形象，亦與「白雪」成對比，凸顯相思使人老。而「東風」與「落花」更展現游子遲遲未歸，思婦將如暮春落花憔悴凋零。又〈折楊柳〉：

> 垂楊拂綠水，搖豔東風年。花明玉關雪，葉暖金窗煙。美人結長想，對此心淒然。攀條折春色，遠寄龍庭前。〔註14〕

以「垂楊」、「攀條」暗示別離，以「東風」、「花」表明季節，亦用以自傷，看著春天將逝，花就要凋謝，無怪乎「美人」望之淒然。

另外，除了已婚配的女子，也有寫佳人不得良配而自悲。如〈古風，五十九首之二十七〉：

> 燕趙有秀色，綺樓青雲端。眉目豔皎月，一笑傾城歡。常恐碧草晚，坐泣秋風寒。纖手怨玉琴，清晨起長歎。焉得偶君子，共乘雙飛鸞。〔註15〕

以「秀色」、「眉目」、「傾城」、「纖手」等極力描繪閨中女子之美，然而時過色將衰，於「秋風」中悲嘆未有君子相配。此詩蓋以美人自比，傷己懷才不遇。

由以上詩例大致上可以將李白閨怨詩歸納成幾點：

（一）第一人稱的敘述觀點

和一般閨怨詩相同，李白閨怨詩常以「代言」、「擬作」的方式替女性發聲，透過「妾」、「我」等字眼，以「第一人稱」把女子哀怨寫出來。這種寫作方式必須追溯到《詩經》「詩言志」的傳統及「比」、「興」的寫作技巧，尤其後來的屈《騷》「香草美人」成為左右文人取材構思的參考典範。建安以來閨怨詩悉出自文人之手，而有所寄托之作屢見不鮮。我們很難說所有閨怨詩其實是懷才不遇之文人用以自傷，抒發哀怨的作品，然而解詩時，難以避免將詩人本身遭遇與這些失意的女子聯想在一起，而猜想這些男性詩人所發到底是「男子失志之怨」？還是「女子相思之嘆」？

〔註14〕詹鍈主編：《李白全集校注彙釋集評》，頁 864。
〔註15〕詹鍈主編：《李白全集校注彙釋集評》，頁 139。

（二）以花自傷，女性—風—花的意象組合

在李白的閨怨詩中除了「女性」形象的塑造，「風」與「花」意象幾乎成為必然。對於宮女、思婦、或不得良配未婚女子，時間是造成悲劇的重要因素，而「風」是塑造時間意象重要角色，「風」吹「花」落，「風」則代表殘酷卻無法違抗的現實。而「花」常借喻女子，象徵「美麗」及「青春年華」，可惜花期有限，容易摧折。因此「女性」—「風」—「花」成了李白閨怨詩常見意象群。

（三）女性身分以宮女、思婦為主

這些閨怨詩的主角不是宮廷婦女，即丈夫遠行的婦人，少數不得良配的未婚女子。這些女性的特質：貌美、堅貞、多情，被理想化成男子心目中完美女性形象，而未必與現實生活的女性相符，也似乎代表社會對女性的期許。

二、行樂：風—女性—花—酒

本文「行樂」包括「宮中行樂」與「及時行樂」。「宮中行樂」為應制詩，寫於李白入宮之時，內容不出歌功頌德，讚美唐玄宗恩澤，而以宮中「女性」作為陪襯，以「春風」暗示美好時光，也借喻君王德澤。「及時行樂」繼承傳統「惜時」主題，認為人生苦短，所以面對良辰美景更應好好把握，及時行樂。「春風」成「良辰美景」的象徵。而李白行樂方式則是赴酒肆豪飲，「胡姬」成了不可缺的角色。

首先來看宮中行樂〈春日行〉：

> 深宮高樓入紫清，金作蛟龍盤繡楹。佳人當窗弄白日，絃將手語彈鳴箏。春風吹落君王耳，此曲乃是昇天行。因出天池泛蓬瀛，樓船蹙沓波浪驚。三千雙蛾獻歌笑，撾鐘考鼓宮殿傾。萬姓聚舞歌太平，我無為，人自寧。三十六帝欲相迎，仙人飄翩下雲軿。帝不去，留鎬京。安能為軒轅，獨往入冥冥。小臣拜獻南山壽，陛下萬古垂鴻名。〔註16〕

〔註16〕詹鍈主編：《李白全集校注彙釋集評》，頁 419。

以「佳人」、「雙蛾」描寫宮中美女如雲，歌舞昇天，「春風」吹送佳音，歌頌太平盛世，君王美名留史。又〈宮中行樂詞八首之五〉

> 繡戶香風暖，紗窗曙色新。宮花爭笑日，池草暗生春。綠
> 樹聞歌鳥，青樓見舞人。昭陽桃李月，羅綺自相親。〔註17〕

以「宮花」指美麗宮女爭妍以笑，在「香風」之中爭求媚君。又〈宮中行樂詞八首之六〉：

> 今日明光裡，還須結伴遊。春風開紫殿，天樂下朱樓。豔
> 舞全知巧，嬌歌半欲羞。更憐花月夜，宮女笑藏鉤。〔註18〕

「春風」點明季節，「花月夜」點明時間，寫在春日美好夜晚裡，看「宮女」們玩藏鉤遊戲。又〈宮中行樂詞八首之七〉：

> 寒雪梅中盡，春風柳上歸。宮鶯嬌欲醉，簷燕語還飛。遲
> 日明歌席，新花豔舞衣。晚來移綵仗，行樂泥光輝。〔註19〕

以「春風」、「宮鶯」、「簷燕」表示春天來了，爲行樂之時。以「花」形容表演歌舞女子妝扮之美豔。除一般宮女，李白也作詩專寫楊妃之美，只是表面寫楊妃，實則用以討好玄宗。如〈清平調三首之三〉

> 名花傾國兩相歡，常得君王帶笑看。解得春風無限恨，沈
> 香亭北倚闌干。〔註20〕

「名花」、「傾國」極言楊妃之美，「春風」意指君王，有楊妃陪伴，玄宗得以解憂。這些描寫「宮中行樂」的詩價值不高，脫離不了對宮中美人美貌的描繪，以及春暖花開、歌舞酣暢的場面。

除了「宮中行樂」，李白有更多表達「及時行樂」的詩作。王立《中國古代文學十大主題》稱之曰「惜時」主題，認爲「惜時」與「行樂」關係甚密。此一主題根源自人對於壽命的渴望不可求，而「樂」不單包括個人食色的享受，也帶有盡主體之能，及時生活，與有限光陰爭奪時間的進取精神。〔註21〕後來道、釋思想加入，使唐朝更產生

〔註17〕詹鍈主編：《李白全集校注彙釋集評》，頁753。
〔註18〕詹鍈主編：《李白全集校注彙釋集評》，頁754。
〔註19〕詹鍈主編：《李白全集校注彙釋集評》，頁756。
〔註20〕詹鍈主編：《李白全集校注彙釋集評》，頁774。
〔註21〕王立：《中國古代文學十主題》（台北：文史哲出版社，1994年7月

超越生死，得失隨緣，具有豪邁情懷的作品。而在李白詩中，透過「春風」（良辰）、「花」（美景）、「酒」、「胡姬」（色）意象組合，展現他對時光難再，人生苦短應對之道。如〈前有一樽酒行二首之一〉：

> 春風東來忽相過，金樽淥酒生微波。落花紛紛稍覺多，美人欲醉朱顏酡。青軒桃李能幾何，流光欺人忽蹉跎。君起舞，日西夕。當年意氣不肯平，白髮如絲歎何益。〔註22〕

「春風」混合「酒」香，「落花」紛飛，「美人」取酒臉色朱酡，一切如此美好！只是時光易逝，白髮如絲，不如醉舞相樂。又〈前有一樽酒行二首之二〉：

> 琴奏龍門之綠桐，玉壺美酒清若空。催弦拂柱與君飲，看朱成碧顏始紅。胡姬貌如花，當壚笑春風。笑春風，舞羅衣，君今不醉欲安歸。〔註23〕

「琴」（音樂）、「美酒」、貌美如「花」的「胡姬」，明媚的「春風」，對此不醉不歸！又〈少年行〉：

> 五陵年少金市東，銀鞍白馬度春風。落花踏盡遊何處，笑入胡姬酒肆中。〔註24〕

少年騎著白馬，在「春風」之中踏著「落花」，笑著進入「胡姬」招呼的「酒肆」中，揮霍青春。又〈白鼻騧〉：

> 銀鞍白鼻騧，綠地障泥錦。細雨春風花落時，揮鞭直就胡姬飲。〔註25〕

同樣寫少年狂俠，騎著「白鼻騧」（馬），在細雨迷濛，「春風」之中踏著「落花」，直驅「酒肆」，與「胡姬」對飲。

除了酒肆中，以歌舞侍酒為生的「胡姬」，李白也常攜「妓」出遊，但比起酒店中歡樂場景，這些詩帶有些許落寞之感。如〈攜妓登梁王棲霞山孟氏桃園中〉：

初版），頁28。
〔註22〕詹鍈主編：《李白全集校注彙釋集評》，頁424。
〔註23〕詹鍈主編：《李白全集校注彙釋集評》，頁428。
〔註24〕詹鍈主編：《李白全集校注彙釋集評》，頁879。
〔註25〕詹鍈主編：《李白全集校注彙釋集評》，頁882。

> 碧草已滿地，柳與梅爭春。謝公自有東山妓，金屏笑坐如
> 花人。今日非昨日，明日還復來。白髮對綠酒，強歌心已
> 摧。君不見梁王池上月，昔照梁王樽酒中。梁王已去明月
> 在，黃鸝愁醉啼春風。分明感激眼前事，莫惜醉臥桃園東。
> 〔註26〕

李白攜「妓」遊孟氏桃園，追想謝安亦曾於春日遊此園，當初妓美如
花。而今黃鸝啼於「春風」之中，景物依舊，人卻不同，心生感慨，
白髮對酒，不如醉臥於此。又〈東山吟〉：

> 攜妓東土山，悵然悲謝安。我妓今朝如花月，他妓古墳荒
> 草寒。白雞夢後三百歲，灑酒澆君同所歡。酣來自作青海
> 舞，秋風吹落紫綺冠。彼亦一時，此亦一時，浩浩洪流之
> 詠何必奇。〔註27〕

此詩亦以謝安「妓」抒發物是人非，生命有限的感懷。今日李白所攜
之「妓」貌美如「花」，而謝安「妓」安在？人生如夢，不如灑「酒」
以對，讓「秋風」吹落帽。

就「行樂」主題，大致可歸納以下幾點：

（一）以「第三人稱」敘述

無論「宮中行樂」或「及時行樂」，女性並非詩的主體，而以第
三人稱敘述，作為陪襯。在這些詩裏，女子內在感情及喜怒哀樂不在
描寫範疇，而是純粹以男子觀點寫男子之樂。

（二）人比花嬌，女性—風—花—酒的意象組合

同樣以「花」喻「女性」，但著重女性外貌的描繪，並渲染美好春
光，即使是「落花」，也寫來瀟灑豪邁。另外把「女性」與「風」、「花」、
「酒」並列，不禁讓人覺得李白「行樂」詩確實「物化」了女性。

（三）女性身分以宮女、胡姬、妓為主

李白「行樂」詩中女性身分較為特殊，以職業觀點看，宮女的工

〔註26〕詹鍈主編：《李白全集校注彙釋集評》，頁2810。
〔註27〕詹鍈主編：《李白全集校注彙釋集評》，頁1117。

作是取悅君王，胡姬取悅酒客，妓陪男子同遊。就男子觀點是樂，就女子而言可能是更深層悲哀。

綜合言之，「閨怨詩」與「行樂詩」同樣以「風」與「女性」的意象群呈現，大抵在「閨怨」與「行樂」的主題中，無論「女性」作為主體或客體，皆以「花」來比喻「女性」；「風」則作為時間要素，在閨怨詩，時間流動造成女性等待無止盡，造成女性紅顏漸老，如花過時凋零；在行樂詩裏風暗示韶光易逝，所以把握時間，與貌美如花的女子同樂。

第二節 風與山水—遊與別

不同於第一節「風與女性」意象群的「風」著重於時間的描寫，「風與山水」意象群中的「風」著重空間的營造。「風」的變化代表季節的變化，所呈現山水景致自然相異。

在李白詩歌中有不少山水的描繪，就寫作題材而言，我們將這些以自然景物作為吟詠主體的詩稱之為「山水詩」。然而就主題而言，李白山水詩大多非單一對山水自然的欣賞、詠嘆，而是寄託更多遊仙、隱逸、離別的感情。無論遊還是別，皆是空間的移動，景物的描摹，場景塑造為詩人寫作重點，如何借景抒情也成研究對象。而「風」在空間的營造上具有畫龍點睛之效。所以本節藉由風與山水意象群的組合探討李白的遊仙詩及離別詩。

一、遊仙：風—山—雲

遊仙文學是創作主體脫離現實與自身的一種超越性的著作，從古神話中如嫦娥奔月，遊仙意識即已萌芽，而真正的遊仙作品要從莊子、屈原開始談起，尤其〈遠遊〉更是被稱為「後世遊仙之祖」。遊仙思想形成大抵源於人追尋永恆的生命以及理想、幸福，而否定現實世界，設想出神仙境地。唐朝游仙詩的創作擺脫議論而偏重仙境的刻劃。李豐楙〈唐人遊仙詩的傳承與創新〉：

> 唐人創作遊仙詩，在整體結構上已擺脫了魏晉時期在結句
> 作議論的習套，這自是表現大部分的遊仙之作，並不以理
> 性的立場採用詩歌加以論辯，而多是以仙界意境表達其情
> 緒，是將遊仙作為抒情的表現。〔註28〕

唐朝詩人結合六朝山水及遊仙創作，透過仙境山水的描繪來抒發內心
求仙的嚮往。李白自言「十五好神仙，仙遊未曾歇」〈感興八首之五〉
〔註29〕，故有大量遊仙之作，而李白的遊仙詩既有南朝模山範水的精
緻描寫，亦含登天飛升的浪漫筆觸，對於仙境的描繪又特別偏好「山
水」的「山」。施逢雨〈隱逸求仙活動與詩歌創作〉就認為：

> 李白除了把山林當做自己的隱居處所外，有時也自然而然
> 地把它們當做玩賞的對象，對於某些景觀特別出眾的山林
> 尤其如此。一玩賞山林，他對山林的注意力就會從自己在
> 山林中的生活事跡或多或少轉向山林的樣態情狀本身。李
> 白那些以玩賞山林、描寫山林樣態情狀為主的詩我們可以
> 權稱之為山水詩。誠然，人們之玩賞山林未必會與隱逸求
> 仙發生關係。但是，李白對山林的愛好卻無疑是與他隱逸
> 求仙的熱誠息息相關。〔註30〕

景觀特殊的名山是李白的最愛，「風」也是李白遊仙詩常出現意象之
一。「風」既是大自然一部分，也是山水景觀之一，不同的風所展現
景致亦不相同。在遊仙詩中，乘「風」歸去，駕「風」遨遊於宇宙
中的描寫亦屢見不鮮，「風」飄乎充塞天地之間，超越時空又變化莫
測，極具神秘色彩，與求仙情境不謀而合。如〈遊泰山六首之一〉：

> 四月上泰山，石屏御道開。六龍過萬壑，澗谷隨縈迴。馬
> 跡繞碧峰，於今滿青苔。飛流灑絕巘，水急松聲哀。北眺
> 崿嶂奇，傾崖向東摧。洞門閉石扇，地底興雲雷。登高望
> 蓬瀛，想象金銀臺。天門一長嘯，萬里清風來。玉女四五

〔註28〕 李豐楙：《憂與遊──六朝隋唐遊仙詩論集》（台北：臺灣學生書局，
  1996年），頁78～79。
〔註29〕 詹鍈主編：《李白全集校注彙釋集評》，頁3445。
〔註30〕 施逢雨：《李白詩的藝術成就》（台北：大安出版社，1992年2月初
  版），頁81。

人，飄颻下九垓。含笑引素手，遺我流霞杯。稽首再拜之，

自愧非仙才。曠然小宇宙，棄世何悠哉。〔註31〕

此詩從泰山之勝起筆而兼存遊仙之意。「萬壑」、「澗谷」、「飛流」、「松」

寫「泰山」之景，進而從泰山高處想像仙家之境：「蓬瀛」、「金銀臺」、

「天門」、「清風」、「玉女」，而感到宇宙之小，興起遺世念頭。又〈遊

泰山六首之四〉：

清齋三千日，裂素寫道經。吟誦有所得，眾神衛我形。雲

行信長風，颯若羽翼生。攀崖上日觀，伏檻窺東暝。海色

動遠山，天雞已先鳴。銀臺出倒景，白浪翻長鯨。安得不

死藥，高飛向蓬瀛。〔註32〕

寫自己乘「雲」駕「風」如生羽翼，窺「東溟」、觀「遠山」，日光初

升，雲海白浪翻騰，彷彿見「銀臺」、望「蓬瀛」，心生長生不老，與

群仙同遊的願望。又〈遊泰山六首之六〉：

朝飲王母池，暝投天門關。獨抱綠綺琴，夜行青山間。山

明月露白，夜靜松風歇。仙人遊碧峰，處處笙歌發。寂靜

娛清暉，玉真連翠微。想象鸞鳳舞，飄颻龍虎衣。捫天摘

匏瓜，恍惚不憶歸。舉手弄清淺，誤攀織女機。明晨坐相

失，但見五雲飛。〔註33〕

「王母池」、「天門關」、「仙人」、「笙歌」、「清淺」（銀河）、「織女」

皆用以描寫仙境，「青山」、「松風」、「五雲」似為實景，在實境與仙

境穿插描繪中增添泰山神秘之感。又〈夢遊天姥吟留別〉：

海客談瀛洲，煙濤微茫信難求。越人語天姥，雲霓明滅或

可睹。天姥連天向天橫，勢拔五嶽掩赤城。天台四萬八千

丈，對此欲倒東南傾。我欲因之夢吳越，一夜飛度鏡湖月。

湖月照我影，送我至剡溪。謝公宿處今尚在，淥水蕩漾清

猿啼。腳著謝公屐，身登青雲梯。半壁見海日，空中聞天

雞。千巖萬轉路不定，迷花倚石忽已暝。熊咆龍吟殷巖泉，

〔註31〕詹鍈主編：《李白全集校注彙釋集評》，頁2791。

〔註32〕詹鍈主編：《李白全集校注彙釋集評》，頁2801。

〔註33〕詹鍈主編：《李白全集校注彙釋集評》，頁2805。

慄深林兮驚層巔。雲青青兮欲雨，水澹澹兮生煙。列缺霹靂，丘巒崩摧。洞天石扇，訇然中開。青冥浩蕩不見底，日月照耀金銀臺。霓為衣兮風為馬，雲之君兮紛紛而來下。虎鼓瑟兮鸞迴車，仙之人兮列如麻。忽魂悸以魄動，慌驚起而長嗟。惟覺時之枕席，失向來之煙霞。世間行樂亦如此，古來萬事東流水。別君去兮何時還？且放白鹿青崖間，須行即騎訪名山。安能摧眉折腰事權貴，使我不得開心顏。

〔註34〕

此詩詩題雖為李白欲離開時贈別留在當地的東魯諸公，然就內容而言，亦屬遊仙之作。詩中先由聽人談及天姥山勝狀寫起，以誇大口吻極力描繪天姥山的高峻，接下來寫自己夢遊所見：「湖月」、「淥水」、「千巖」、「花」、「石」、「泉」、「林」、「雲」。轉而描寫到驚心動魄的神仙情境：「列缺」（閃電）、「丘巒」、「洞天」、「青冥」、「日月」、「雲之君」、「仙之人」，這段夢境先是氣勢磅礴，後則色聲繽紛。夢醒之後引出自己不應辛苦追逐名利而應快樂享受生活，放逐自己於「青崖」、「名山」之間。

除了從遊山寫到遊仙，李白也能藉由一件裘衣寫到衣上山水而達於遊仙境地，如〈酬殷明佐見贈五雲裘歌〉：

我吟謝朓詩上語，朔風颯颯吹飛雨。謝朓已沒青山空，後來繼之有殷公。粉圖珍裘五雲色，曄如晴天散彩虹。文章彪炳光陸離，應是素娥玉女之所為。輕如松花落金粉，濃似苔錦含碧滋。遠山積翠橫海島，殘霞飛丹映江草。凝毫採掇花露容，幾年功成奪天造。故人贈我我不違，著令山水含清暉。頓驚謝康樂，詩興生我衣。襟前林壑斂暝色，袖上雲霞收夕霏。群仙長歎驚此物，千崖萬嶺相縈鬱。身騎白鹿行飄颻，手翳紫芝笑披拂。相如不足跨鸚鵡，王恭鶴氅安可方。瑤臺雪花數千點，片片吹落春風香。為君持此凌蒼蒼，上朝三十六玉皇。下窺夫子不可及，矯手相思

〔註34〕詹鍈主編：《李白全集校注彙釋集評》，頁2101。

空斷腸。〔註35〕

此詩爲李白酬謝殷明佐贈裘之作，前四句言殷明佐繼承謝朓知「朔風吹雨令人愁」，贈裘予我，接下來讚美裘之美好，以山水「五雲」、「彩虹」、「松花」、「苔錦」、「遠山」、「殘霞」寫裘衣五色繽紛，巧奪天工。更進一步言穿上此裘，頓覺將謝靈運山水詩境中的「林壑」、「雲霞」穿上身，然後進入遊仙境地，以「群仙」、「千山萬嶺」、「白鹿」、「紫芝」、「瑤臺」、「春風」描寫仙境。

　　從以上詩例可看出李白之遊仙詩喜以景致奇特山景，加上變幻莫測的風與雲描繪仙境，利用「風」—「山」—「雲」的意象群塑造遊仙主題。這些意象的塑造除了歸因於李白對山林的偏愛與「風伯」、「雲之君」《楚辭》仙人形象影響，道教思想對李白文學創作的滲入是相當明顯，尤其是遊仙詩。葛兆光〈想像的世界—道教與中國古典文學〉談到道教對文學的影響：「第一，它刺激了人們的想像力；它提供了許許多多神奇的意象。」〔註36〕使得李白遊仙詩充滿瑰麗奇想。葛景春亦言：

> 道教的宗教熱情又激發了李白的詩歌創作激情與豐富的想像力，使他創作了大量神采飄逸、情調浪漫的詩歌。道教爲李白的詩歌提供了豐富的審美意象：飄逸的神仙、美麗的仙女和飄渺奇麗的仙境。

道教思想啓發外，李白遊仙思想最終還是歸結於現實生活的苦悶與不得意，而尋覓一個屬於自己的神仙境地。李豐楙：

> 「不死的探求」是神仙神話的核心，也是貫串初期僊說到道教仙說的一貫精神，……希企成仙的動機仍可歸爲「憂」之一字，因而如何獲致短暫的「解我憂」之法，即是「遊」—神仙、想像所形成的奇幻之遊。〔註37〕

〔註35〕詹鍈主編：《李白全集校注彙釋集評》，頁1225。
〔註36〕葛兆光：〈想像的世界—道教與中國古典文學〉，收入吳光正、鄧紅翠、胡元翎主編：《想像力的世界—二十世紀「道教」與古代文學論叢》，頁322。
〔註37〕李豐楙：《憂與遊—六朝隋唐遊仙詩論集》，頁8。

「山」的奇幻，「風」、「雲」的飄逸瀟灑，可說是李白避開塵世的理想世界吧！

二、送別：風—水—酒

送別詩是合「送行」和「留別」兩種臨別之作，表現離別場面時人、事、情、景的篇什，抒發人在離別這一典型環境時，所生發的種種情感。詩題為宴別、贈別、送某人、別某人、餞別、留別、祖餞等等。〔註38〕盛唐賦詩送別風氣很盛，與當時離別現象頻仍有關。唐朝科舉取士造成人才大量流動，每年秋冬之際，舉子從四面八方而來，匯聚於京都。次年春天科考，及第者或等候吏部考試，或歸覲慶賀；失第者或留在京城干謁，或歸鄉、漫遊。而大事邊功的政策也激發士人從軍出塞，在送別習俗導引下，當然出現許多送別詩。

李白一生行遍大江南北，飄泊不定，因此送別詩作數量相當多，根據日人松浦友久的統計，李白的離別詩大約有一百六十餘首，佔作品的 15.5%，與其他詩人相比，所佔比率相當大。〔註39〕送別詩著重離別場景的塑造，四處遊歷名山大川的李白，「風」的描寫與「山水」的刻劃自然是少不了的。除了「風」、「柳」，又特別喜愛「酒」、「水」的意象，大抵送別多在水邊，又好以酒餞別。例如〈送趙雲卿〉：

> 白玉一杯酒，綠楊三月時。春風餘幾日，兩鬢各成絲。秉
> 燭唯須飲，投竿也未遲。如逢渭川獵，猶可帝王師。〔註40〕

此詩言以「酒」餞別趙雲卿，「綠楊」除了點明季節，亦暗示離別。「春風」則言時光易逝，「渭川」引用姜子牙遇西伯之典故，與趙雲卿勉勵。又〈宣城送劉副使入秦〉

> 君即劉越石，雄豪冠當時。淒清橫吹曲，慷慨扶風詞。虎

〔註38〕參見蔡玲婉：《豪情壯志譜驪歌—盛唐送別詩的審美風貌》（台北：文津出版社，2002 年 9 月初版），頁 4。

〔註39〕參見（日）松浦友久：《李白詩歌抒情藝術研究》（上海：上海古籍出版社，1996 年），頁 50。

〔註40〕詹鍈主編：《李白全集校注彙釋集評》，頁 2501。

嘯俟騰躍，雞鳴遭亂離。千金市駿馬，萬里逐王師。結交樓煩將，侍從羽林兒。統兵捍吳越，豺虎不敢窺。大勳竟莫敘，已過秋風吹。秉鉞有季公，凜然負英姿。寄深且戎幕，望重必台司。感激一然諾，縱橫兩無疑。伏奏歸北闕，鳴驄忽西馳。列將咸出祖，英僚惜分離。斗酒滿四筵，歌嘯宛溪湄。君攜東山妓，我詠北門詩。貴賤交不易，恐傷中園葵。昔贈紫騮駒，今傾白玉巵。同歡萬斛酒，未足解相思。此別又千里，秦吳渺天涯。月明關山苦，水劇隴頭悲。借問幾時還，春風入黃池。無令長相憶，折斷綠楊枝。〔註41〕

此詩言「已過秋風吹」，大抵送餞之時在冬季。全詩用相當多篇幅讚美劉越石統軍捍衛吳越之雄豪，如今奏功歸朝，大家設酒餞別。並以「月」、「水」表離別情意及傷感，願「春風」來時劉越石能歸來，折「綠楊枝」以慰相思。又〈送儲邕之武昌〉：

黃鶴西樓月，長江萬里情。春風三十度，空憶武昌城。送爾難為別，銜杯惜未傾。湖連張樂地，山逐泛舟行。諾為楚人重，詩傳謝朓清。滄浪吾有曲，寄入棹歌聲。〔註42〕

此詩寫送友而先追懷武昌，以「春風」三十度表示與武昌相違已三十年，並以「月」、「長江」寫懷念之情，而自己卻不能與友同行。接下來寫以「酒」餞別之情，言所經之地有「湖」、「山」勝景相伴，又有人物之盛，因此以「滄浪」之曲表吾心意。又〈金陵酒肆留別〉：

風吹柳花滿店香，吳姬壓酒勸客嘗，金陵子弟來相送，欲行不行各盡觴。請君試問東流水，別意與之誰短長？〔註43〕

以「風」吹「柳花」描寫春天氣息，並以「柳」暗示離別，第二句「吳姬」、「酒」寫酒店熱鬧場面，三、四句則寫金陵朋友以「酒」餞別的豪情，最後以「東流水」表達情意之深長。又〈宣州謝朓樓餞別校書叔雲〉：

〔註41〕詹鍈主編：《李白全集校注彙釋集評》，頁2574。
〔註42〕詹鍈主編：《李白全集校注彙釋集評》，頁2604。
〔註43〕詹鍈主編：《李白全集校注彙釋集評》，頁2184。

棄我去者昨日之日不可留，亂我心者今日之日多煩憂。長
風萬里送秋雁，對此可以酣高樓。蓬萊文章建安骨，中間
小謝又清發。俱懷逸興壯思飛，欲上青天覽日月。抽刀斷
水水更流，舉杯銷愁愁更愁。人生在世不稱意，明朝散髮
弄扁舟。〔註44〕

「長風」、「秋雁」寫「高樓」所見之景，壯闊明朗的長空，並點明季
節及表達送別之情，「雁」之往返，除了可比喻人的遷移，亦給人季
節更迭，時光難駐之感，然而以「送」、「酣」兩個動詞一掃本詩第一、
二詩句中苦悶。接下來精神開始遨遊馳騁，寫彼此的豪情逸興，「青
天」、「明月」是詩人對高潔理想境界的追求。只是回到現實，內心煩
憂如斬不斷的滔滔江「水」，「酒」亦銷不了愁，不如脫離塵世，駕舟
而去。

　　李白的送別詩佳作甚多，尤其是所舉詩例後二首〈金陵酒肆留
別〉、〈宣州謝朓樓餞別校書叔雲〉，不僅具有特有表現力獲得極高評
價亦能展現李白創作風格。〈金陵酒肆留別〉不但沒有離別時的悲傷，
取而代之的是豪邁與熱情。〈宣州謝朓樓餞別校書叔雲〉一詩，捨棄
送別對象描寫而抒發內心感慨，不受固定印象束縛，任情自由發揮。
從詩例當中，我們也發現李白喜以「水」的意象抒情，如〈宣城送劉
副使入秦〉：「水劇隴頭悲。」、〈送儲邕之武昌〉：「長江萬里情。」、〈金
陵酒肆留別〉：「請君試問東流水，別意與之誰短長？」、〈宣州謝朓樓
餞別校書叔雲〉：「抽刀斷水水更流。」皆以水比喻源源不斷情意或憂
愁。「風」也是離別場景一部分，提點送別季節所展現的離別氛圍，
無論是「春風」吹拂，兩岸夾柳，還是「長風」萬里，遼闊無邊，更
能烘托離別情感。因此在李白送別詩常以「風」—「水」—「酒」意
象呈現。

〔註44〕詹鍈主編：《李白全集校注彙釋集評》，頁 2566。

第三節　風與音樂——思與隱

　　唐朝除了詩歌達於鼎盛，在音樂上的發展也成就輝煌。日人岸邊
成雄《唐代音樂史研究》說：

> 唐朝是中國音樂最蓬勃興盛的時代，外族音樂入匯交流的鼎
> 盛時代，戲劇音樂濫觴的時代，教坊樂妓充斥的時代。〔註45〕

唐王朝幾位君主對音樂的喜好與倡導，使得宮廷中歌舞遍徹，當然也
影響唐代詩歌內容，帶有濃厚的音樂性。使得詩歌與音樂結合成為普
遍現象。關於詩人音樂的內涵，林谷芳《傳統音樂概論》：

> 文人是中國社會中一種特殊階層，文人講究生命理念與知
> 識系統合一，與學有專精的知識份子，仍有本質差別。中
> 國文人以整個歷史中成就的一些根本價值為依歸，生命格
> 局常超越特定時空之侷限，成為文化中不變的傳統。文人
> 音樂即以這個傳統的生命價值為內容，因此更強調生命的
> 轉化，境界之提昇。這樣的音樂以古琴為代表，但涉及的
> 層面還包含琵琶、笛子、箏的某些部份，及歌樂中的詞曲
> 音樂。〔註46〕

詩歌體現了詩人生命的情調、際遇得失、自我價值的提昇，音樂修
養也可增益心靈內在的藝術層次。因此以音樂素養，從事詩歌創
作，或將音樂寫入詩中，乍看之下，或許只是隨心所至、隨性而發
的傾訴，終究是詩人展現情懷或寄託抱負的方式，以增顯詩歌是具
有文化背景的意義。〔註47〕王次炤認為：「音樂是一種時間的藝術。」
〔註48〕所以音樂詩歌能呈線時間的流動，亦能創造空間感，並增進
聽覺的美感。

〔註45〕（日）岸邊成雄：《唐代音樂史研究》（上）（台北：臺灣中華書局，
　　　　1973年），頁2。
〔註46〕林谷芳：《傳統音樂概論》（台北：漢光文化公司，1998年7月），
　　　　頁31。
〔註47〕參見劉月珠：《唐人音樂詩研究》（台北：秀威資訊科技有限公司，
　　　　2007年4月一版），頁7。
〔註48〕王次炤：《音樂美學新論》（台北：萬象公司，1997年3月），頁109。

　　「風」與「音樂」的關係是很密切的，「音樂」必須透過「風」的傳導方能散佈，所以在音樂詩裏，「風」是常見的角色。此外「風」聲本身就是大自然的樂音。《莊子・齊物論》：

> 子綦曰：「夫大塊噫氣，其名爲風。是唯無作，作則萬竅怒呺。而獨不聞之翏翏乎？山林之畏佳，大木百圍之竅穴，似鼻，似口，似耳，似枅，似圈，似臼，似洼者，似污者；激者、謞者、叱者、吸者、叫者、譹者、宎者、咬者，前者唱于而隨者唱喁。泠風則小和，飄風則大和，厲風濟則眾竅爲虛。而獨不見之調調，之刀刀乎？」子游曰：「地籟則眾竅是已，人籟則比竹是已，敢問天籟。」子綦曰：「夫吹萬不同，而使其自己也。咸其自取，怒者其誰邪？」〔註49〕

莊子將「風」的各種聲音，無論大、小、高、低、強、弱描寫唯妙唯肖，並視之爲「天籟」，與「地籟」、「人籟」都是音樂。且「風」與「音樂」同質性相當高，能呈現時間流動與空間感，在詩歌的時空設計上，同樣扮演重要角色。在李白詩歌當中出現的樂器有「琴」、「笛」、「笙」、「簫」、「鼓」、「管」、「筎」、「琵琶」等，音樂詩作數量不少，可見李白亦喜透過音樂意象營造詩歌，尤其是「思鄉」與「隱逸」兩大主題。

一、思鄉：風—笛、簫、管、鼓

　　以農立國，重視倫理的中國人安土重遷，對故土家園有著濃厚的感情，對離家背井的人來說，思鄉是很自然的情感流露，所思念不僅是鄉土，還有親人。思鄉的內容是具有歷史性的，時代不同，鄉思有別。伴隨著氏族社會共同體逐步向有固定居住區域的國家過渡，思鄉往往體現對家園舊邦的具體情感指向，因此本文的思鄉主題擴展至家國之思。造成思鄉的外部原因大約有：征戍徭役、求仕求學、戰亂流離、遷徙移民、經商遠行、失意無著。〔註50〕盛唐文人躬逢盛世，強

〔註49〕郭慶藩輯：《莊子集釋》，頁45～50。
〔註50〕參見王立：《中國古代文學主題》（台北：文史哲出版社，1994 年 7月初版），頁230～234。

烈功業心讓他們離開故土，闖蕩天下，安史亂起，國勢日衰，被迫離散，都是造成唐朝思鄉文學豐富的因素。思鄉的情懷常透過鄉音或異國之調塑造思鄉氛圍，表思鄉音響的樂器以「胡樂」為主，這種異鄉之樂容易提醒人身處他地而引發思鄉情懷。而就李白而言，「笛」、「鼓」、「簫」、「管」皆能用以表達思鄉（國）主題。如〈江夏贈韋南陵冰〉：

> 胡驕馬驚沙塵起，胡雛飲馬天津水。君為張掖近酒泉，我竄三色九千里。天地再新法令寬，夜郎還客帶霜寒。西憶故人不可見，東風吹夢到長安。寧期此地忽相遇，驚喜茫如墮煙霧。玉簫金管喧四筵，苦心不得申長句。昨日繡衣傾綠尊，病如桃李竟何言。昔騎天子大宛馬，今乘款段諸侯門。賴遇南平豁方寸，復兼夫子持清論。有似山開萬里雲，四望青天解人悶。人悶還心悶，苦辛長苦辛。愁來飲酒二千石，寒灰重暖生陽春。山公醉後能騎馬，別是風流賢主人。頭陀雲月多僧氣，山水何曾稱人意。不然鳴笳按鼓戲滄流，呼取江南女兒歌棹謳。我且為君槌碎黃鶴樓，君亦為吾倒卻鸚鵡洲。赤壁爭雄如夢裡，且須歌舞寬離憂。
>
> 〔註51〕

「胡驕」、「胡雛」指安史之亂，「張掖」、「酒泉」指韋冰貶謫之處，「夜郎」則為李白流放之處，皆遠離家國，而有幸會於江夏。「東風」吹夢則指心繫故園。「玉簫金管」，盛筵款待的熱鬧氣氛對比的是內心的無比辛酸，及己「病如桃李」的一身滄桑，不如擊毀「黃鶴樓」、「鸚鵡洲」，不再懷抱夢想，自尋苦悶。回到故國「江南」，有「酒」、「山水」、「笳」、「鼓」，於此醉生夢死。對李白而言，四川是他的故鄉，山東、金陵也是他的故鄉，父親帶他客寓四川開始，李白即以天下為家，故無論是「江南」還是「長安」相對於「夜郎」，在此詩中就是李白所認同的家，也就是鄉，就是國。又〈經亂後將避地剡中留贈崔宣城〉：

〔註51〕詹鍈主編：《李白全集校注彙釋集評》，頁1722。

雙鵝飛洛陽，五馬渡江徼。何意上東門，胡雛更長嘯。中
原走豺虎，烈火焚宗廟。太白晝經天，頹陽掩餘照。王城
皆蕩覆，世路成奔峭。四海望長安，顰眉寡西笑。蒼生疑
落葉，白骨空相弔。連兵似雪山，破敵誰能料。我垂北溟
翼，且學南山豹。崔子賢主人，歡娛每相召。胡床紫玉笛，
卻坐青雲叫。楊花滿州城，置酒同臨眺。忽思剡溪去，水
石遠清妙。雪盡天地明，風開湖山貌。悶爲洛生詠，醉發
吳越調。赤霞動金光，日足森海嶠。獨散萬古意，閒垂一
溪釣。猿近天上啼，人移月邊櫂。無以墨綬苦，來求丹沙
要。華髮長折腰，將貽陶公誚。　〔註52〕

「雙鵝」、「胡雛」指安史之軍，「洛陽」、「中原」、「長安」指家國。
江山成爲戰場，滿目瘡痍，民不聊生，有誰能破敵呢？崔宣城以酒款
待，坐在胡床上吹「玉笛」，笛聲響徹青雲，讓我想起剡中的山、水、
「風」、雪，心生隱居之念。又〈南奔書懷〉：

遙夜何漫漫，空歌白石爛。甯戚未匡齊，陳平終佐漢。機
槍掃河洛，直割鴻溝半。歷數方未遷，雲雷屢多難。天人
秉旄鉞，虎竹光藩翰。侍筆黃金臺，傳觴青玉案。不因秋
風起，自有思歸歎。主將動讒疑，王師忽離叛。自來白沙
上，鼓噪丹陽岸。賓御如浮雲，從風各消散。舟中指可掬，
城上骸爭爨。草草出近關，行行昧前算。南奔劇星火，北
寇無涯畔。顧乏七寶鞭，留連道傍玩。太白夜食昴，長虹
日中貫。秦趙興天兵，茫茫九州亂。感遇明主恩，頗高祖
逖言。過江誓流水，志在清中原。拔劍擊前柱，悲歌難重
論。　〔註53〕

此詩寫唐國運未改，艱難多故，雖無「秋風」吹拂，也會引人思念故
鄉。永王璘軍潰敗，戰「鼓」聲不斷，幕僚如「風」吹「浮雲」倉皇
逃脫，自己也急奔如「星火」。追隨永王璘，實因天下離亂，欲擴清
中原，而非有叛意，出處之難令李白自嗟不幸，心生歸鄉之念。以

〔註52〕詹鍈主編：《李白全集校注彙釋集評》，頁1859。
〔註53〕詹鍈主編：《李白全集校注彙釋集評》，頁3490。

上三首詩，皆以戰亂作爲背景，無論是戰時的鼓聲，還是離亂後筵席上的簫管、玉笛，都引發李白自嘆不如歸去。此外〈春夜洛城聞笛〉：

> 誰家玉笛暗飛聲，散入春風滿洛城。此夜曲中聞折柳，何人不起故園情。〔註54〕

悠揚的「玉笛」聲隨著「春風」傳遍「洛城」，使身在異鄉的詩人，聽聞「折楊柳」一曲，不禁興起思鄉之情。「折楊柳」屬於漢樂府古曲，抒寫離別行旅之苦。這首詩扣緊一個「聞」字，寫自己在春夜裡聞笛的感受，吹笛人自吹自聽，不期然笛聲傳遍了夜深人靜後的洛城，打動了羈旅在外，夜中未寐的詩人，激盪思鄉的情懷。

　　在思鄉主題下的「風」意象是多變的，或是跨越距離；或是用以傳遞樂音或是描繪故鄉風物；或是引發思歸之嘆。使得思鄉內涵及寫作方式更加多元，而於「風」中聽聞樂音，更興發人對故鄉家國依戀之情，透過「風」與「音樂」的意象組合豐富思鄉情懷。

二、隱逸：風—琴—松

　　出與處一向是中國文人必須面臨的人生課題，也到關係著士人的價值選擇，但無論是仕出還是隱處，牽涉許多主客觀因素，包括天下的治與亂、政治生態、人生遭逢與境遇等。不同的出處原則產生了不同聖人類型，如孟子所說的「聖之清」、「聖之任」、「聖之和」、「聖之時」。在封建制度下，一國之君是整個國家權力的操縱者，而有文化素養的士階級能否實現匡時濟世的夢想，首先得取決於能否遇於君。孔子曾說「用之則行，捨之則藏」〈論語・述而〉、「道不行，乘桴浮於海」〈論語・公冶長〉。這樣的態度影響後世文人，使得遇不遇成爲出與處的重要因素。

　　躬逢盛世的唐代文人普遍熱衷仕進，隱居可以提高聲望進而見用，成了踏上仕途的一種手段，即所謂「終南捷徑」。在山林中不但能撫慰受挫心靈，放情自然，也是一個晉身機會。李白終其一生從未

〔註54〕詹鍈主編：《李白全集校注彙釋集評》，頁3624。

放棄仕進，卻也嚮往隱居生活，他的人生藍圖是功成名就後退居山林，然而在現實生活中仕進之途屢遭挫折，因此轉而寄情於隱逸求仙。在李白隱逸詩中最常出現的「風」意象是「清風」、「松風」，樂器則是以「琴」爲主。「琴」是中國傳統樂器，商代甲骨文的「樂」字，一般學者認爲指的是絲絃附於木架上的古琴類樂器，作爲宮廷雅樂伴奏之用。〔註55〕魏晉時代社會動盪不安，文人寄情山水，彈「琴」嘯詠，如阮籍藉彈琴抒發憂思，〈詠懷詩其八十二首〉：「夜中不能寐，起坐彈鳴琴。」〔註56〕；嵇康彈琴自樂忘憂，在〈四言贈兄秀才入軍詩十八章其十六〉言：「彈琴詠詩，聊以忘憂。」〔註57〕；陶潛歸隱田園，以琴自娛，〈歸去來辭〉：「悅親戚之情話，樂琴書以消憂。」〔註58〕，《晉書·陶潛傳》：「性不解音而蓄素琴一張，弦徽不具，每朋酒之會，則撫而和之，曰『但識琴中趣，何勞弦上聲。』」。〔註59〕使「琴」成爲吟詠隱居生活的常見意象。李白詩如〈白毫子歌〉：

> 淮南小山白毫子，乃在淮南小山裡。夜臥松下雲，朝餐石中髓。小山連綿向江開，碧峰巉巖綠水迴。余配白毫子，獨酌流霞杯。拂花弄琴坐青苔，綠蘿樹下春風來。南窗蕭颯松聲起，憑崖一聽清心耳。可得見，未得親。八公攜手五雲去，空餘桂樹愁殺人。〔註60〕

「白毫子」，王琦注：「白毫子蓋當時逸人。」，「淮南小山」則是他的隱居之地。此詩歌詠白毫子隱居生活。言白毫子於「碧峰」「綠水」間，臥「松下雲」、餐「石中髓」、拂「花」、弄「琴」、擁「春風」、聞「松聲」，自由自在。又〈擬古十二首之十〉：

> 仙人騎彩鳳，昨下閬風岑。海水三清淺，桃源一見尋。遺

〔註55〕周虹怜《唐代古琴詩研究》輔仁大學中文系1999年碩士論文，頁27。
〔註56〕逯欽立編：《先秦漢魏晉南北朝詩》，頁496。
〔註57〕逯欽立編：《先秦漢魏晉南北朝詩》，頁483。
〔註58〕逯欽立編：《先秦漢魏晉南北朝詩》，頁987。
〔註59〕《晉書·列傳第十九》（台北：鼎文書局，1976年10月初版），頁1374。
〔註60〕詹鍈主編：《李白全集校注彙釋集評》，頁1050。

我綠玉杯，兼之紫瓊琴。杯以傾美酒，琴以閑素心。二物
非世有，何論珠與金。琴彈松裡風，杯勸天上月。風月長
相知，世人何倏忽。〔註61〕

此詩寫「杯」與「琴」實為仙人所贈，讓李白能於「桃源」中，「松
風」下彈「琴」，與「月」對飲，人生太過短促，只有「風月」知我
心。又〈獨酌〉：

春草如有意，羅生玉堂陰。東風吹愁來，白髮坐相侵。獨
酌勸孤影，閑歌面芳林。長松爾何知，蕭瑟為誰吟。手舞
石上月，膝橫花間琴。過此一壺外，悠悠非我心。〔註62〕

萬物有情，「春草」與我相親，「東風」吹愁予我。在明「月」下，芳
「林」中，山「花」間，對「酒」獨酌閑歌，聽「松聲」為誰而吟，
解我悠悠之心。此詩以自然風物寫閒居生活，別有一番風味。無怪乎
《唐宋詩醇》卷八：「閒適諸篇，大概與陶近似，非有意擬古，其自
然處合於天耳。」〔註63〕又〈戲贈鄭溧陽〉：

陶令日日醉，不知五柳春。素琴本無弦，漉酒用葛巾。清
風北窗下，自謂羲皇人。何時到栗里，一見平生親。〔註64〕

此詩以陶潛典故戲稱鄭溧陽，言其好「酒」，彈無絃之「琴」，臥「北
窗」，吹「清風」，自稱「羲皇上人」，十分親慕。又〈贈瑕丘王少府〉：

皎皎鸞鳳姿，飄飄神仙氣。梅生亦何事，來作南昌尉。清
風佐鳴琴，寂寞道為貴。一見過所聞，操持難與群。毫揮
魯邑訟，目送瀛洲雲。我隱屠釣下，爾當玉石分。無由接
高論，空此仰清芬。〔註65〕

此詩先以「鸞鳳姿」、「神仙氣」、「清風」、「琴」讚美王少府恬淡寡欲，
後寫自己隱居「屠釣」，亦非塵俗之人，可與之納交。

李白詩中單純吟詠隱逸的詩作較少，而盛唐人真正消極遁世，為

〔註61〕詹鍈主編：《李白全集校注彙釋集評》，頁 3427。
〔註62〕詹鍈主編：《李白全集校注彙釋集評》，頁 3294。
〔註63〕詹鍈主編：《李白全集校注彙釋集評》，頁 3296。
〔註64〕詹鍈主編：《李白全集校注彙釋集評》，頁 1557。
〔註65〕詹鍈主編：《李白全集校注彙釋集評》，頁 1292。

隱居而隱居的純粹隱士原本就少之又少。在以上詩例中李白雖口談隱居，卻仍含有些許仕進挫敗的落寞。另外，李白隱逸詩常染有遊仙思想，在求仙作品中，亦常見「風」與「音樂」意象的結合，在此類作品中最常見的樂器是「笙」，與仙人王子喬吹笙典故有關。《列仙傳》卷上：「王子喬者，周靈王太子晉也。好吹笙，作鳳凰鳴，遊伊、洛之間，道士浮丘公接以上嵩高山。」〔註66〕如〈遊泰山六首之六〉：

山明月露白，夜靜松風歇。仙人遊碧峰，處處笙歌發。〔註67〕

又〈感興六首之五〉：

十五遊神仙，仙遊未曾歇。吹笙坐松風，汎瑟窺海月。〔註68〕

又如〈至陵陽山登天柱石酬韓侍御見招隱黃山〉：

因巢翠玉樹，忽見浮丘公。又引王子喬，吹笙舞松風。〔註69〕

以上三首詩均使用「松風」—「笙」的意象組合，從嚮往山林生活寫到遊歷仙境，讓李白心靈得到安定住所。

第四節　小　結

　　意象放置意象群中討論，更能呈現完整面貌，透過意象組合，詩歌才有生命，「風與女性」、「風與山水」、「風與音樂」是李白詩中最爲常見的意象組合，透過這些意象群，李白以之呈現「閨怨」、「行樂」、「遊仙」、「送別」、「思鄉」、「隱逸」六大主題。在「閨怨」詩中最常見的意象群是「風—花—女性」；在「行樂」詩常見的意象群是「風—花—女性—酒」；在「遊仙」詩常見的意象群是「風—山—雲」；在「送別」詩常見的意象群是「風—水—酒」；在「思鄉」詩常見的意象群是「風—笛、簫、管、鼓」；在「隱逸」詩常見的意象群是「風—琴—松」。這些意象群不但豐富李白詩主題內涵，也造就李白之所以爲李白的詩歌特色。從「風」意象群研究也發現，「風」除了與自

〔註66〕詹鍈主編：《李白全集校注彙釋集評》，頁2769。
〔註67〕詹鍈主編：《李白全集校注彙釋集評》，頁2805。
〔註68〕詹鍈主編：《李白全集校注彙釋集評》，頁3442。
〔註69〕詹鍈主編：《李白全集校注彙釋集評》，頁2764。

然風物：「月」、「花」、「雲」、「山」、「水」等意象組合，在李白詩裡常見「風」與「婦人」、「酒」、「仙」等意象組合在一起。而這些意象是李白在選擇題材、提煉主題時借題發揮、曲盡形容、張大其事的藝術手段，但另一方面也展現李白布衣出身及性格中的平民意識及真率不做作。

第六章 結 論

　　李白是中國最偉大的詩人之一，其作品數量相當多，光是使用「風」意象的詩作就高達三百多首，整理起來費工又費時，但也讓筆者見識到李白詩內涵之豐富及風格之多變而讚嘆不已。確實，如此大量運用「風」意象，卻忽略這部分的研究是很可惜的。

　　如果說「月」代表李白追求的理想，「風」則代表李白的現實人生。在本文，將李白生平分成四個時期：思想發軔時期、追求功業時期、奉詔入京時期、欲用無路時期，了解一生梗概，並透過研究李白生平我們發現，李白詩中的「風」意象運用，貫穿李白人生各時期，在自比「大鵬」的作品中，看到李白一生起伏與「風起」、「風歇」、「餘風」之間的互相呼應，也看到了在不同季節中，李白的感情變化，如第四章所言，在春風拂面之時，李白展現及時行樂的人生態度；夏天松風之下，李白透露隱居求仙的思想；秋風蕭瑟之間，李白抒發懷才不遇的情感；冬日狂風之中，李白所展現憂國憂民的胸懷。除此「風」的物性與李白「客」的人生基調十分相近，尤其飄逸不羈的風格，影響詩風甚巨。另外李白的《古風》以「風」遙想詩經的傳統，展現李白創作精神。「風」在李白人生有重大意義，更讓筆者確認研究李白與風的價值和趣味。

　　本文也經由意象的概說了解意象涵義：意象取材於表象，是透過詩人感情與審美，主、客觀對待下的產物。狹義的意象僅指意象的形

成；廣義的意象還包含意象的表現、意象的組織、意象的統合等。從中了解意象在詩歌當中的重要性。由於「意象」具有歷史傳承性，本文整理李白之前「風」意象的運用情形。筆者發現古人很早就以「風」來吟詠，早在《詩經》之前，即有舜作〈南風〉之辭以歌詠南風，也展露關懷民情的胸襟。而《詩經》中的「風」，多以起興手法呈現，透露先民對大自然所存在的恐懼感。《楚辭》的「風」常是脫離現實生活，成為超脫塵世污濁的憑藉，在神仙幻想的世界中更是不可缺的一角。樂府民歌的「風」生動活潑，人性化寫法，對後人影響甚遠。《古詩十九首》的「風」則在男女相思與人生短促兩大主題下展現時令更迭，歲月匆匆，變化無常的面貌。魏晉南北朝在恐怖殘忍的政爭下，「悲風」籠罩，呈現悲涼的時代氛圍，唯陶潛的田園詩見到清、和之風。而鮑照詩作中明顯大量的運用「風」意象。與歷代「風」意象運用情形比較起來，李白之前的「風」意象可說較為悲情，到了李白除了繼承前人的「風」意象的內涵與藝術手法，也開拓新的「風」貌，其「風」字詩的數量無人能及，在辭彙的使用上非常豐富，可說將「風」意象發揮淋漓盡致。

探討李白以前「風」意象運用情形後，本文針對李白常用「風」字詞作意象的解析。「春風」是李白最常用意象，「春風」活潑生動、浪漫多姿，平易近人，且極具光明度。「東風」卻常吹於暮春，象徵美好時光匆匆流逝，好景不常，使「東風」蒙上一層感傷的情緒。「清風」與「松風」常出現在隱居求仙情境中，沒有明顯的季節暗示，通常用來表達心境，呈現物我合一的境界，「清風」展現李白對明亮光輝事物有強烈憧憬和追求；「松風」一詞著重聽覺的摹寫，亦能帶給讀者視覺空間的想像。李白的秋天是清澄的，是涼爽的，是宜人的。所以當他以「秋風」吟詠秋情時較無深秋的悲感。此外，李白好用「秋風」相關典故，如班捷妤的「秋扇見棄」、張翰的「思歸之嘆」、孟嘉的「秋風吹帽」常見於李白詩中。「長風」即遠風，也就是能渡越千里的風，因此李白詩中的「長風」具有強調空間距離的

作用。也因爲「長風」可以克服距離，凌駕空間，有排除萬難的氣
勢，亦可用來表明心志。「天風」，蓋指因天候變化所起之大風。常
用來形容海上之風。天風難測，又險惡，因此李白詩也用以比喻仕
進之路艱難。「風塵」，風挾帶著塵土，爲平凡卑微之物。故常用以
形容貧賤或惡劣環境。相較於潔淨美好的仙境，「風塵」代指人間；
相對於朝廷，「風塵」代指民間。塵土飛揚之狀，一片混亂，所以「風
塵」亦可形容忙碌的樣子，或是戰爭。「風雲」比喻人的際遇，以風
雲際會比喻君臣遇合。又進一步引伸爲才氣縱橫。「風波」，指江上
大風吹起波濤，常用以形容江上之險惡，爲渡江船隻所懼，又能引
伸爲險阻，甚至是災難。「風」意象大致脫離不了季節的暗示、時間
的變化、空間的傳遞、環境的描繪，營造詩歌的時空背景。中國古
典詩往往是寓情於景，情景交融。因此時空背景的設計在詩歌中佔
有舉足輕重的地位，也使得「風」意象成爲解詩非常重要一環。它
牽扯到不僅只於作者的寫作背景，時空場景又經常是詩人感情的投
射，情與境的交互作用可說是相當複雜。另外經由李白詩中常見的
風意象的解析筆者發現，隨著附加語或聯合的名詞不同，風意象所
展現的樣貌有很大的差異，因爲這樣的差異，李白詩的風格豐富多
變，風情萬種。

　　意象放置意象群中討論，更能呈現完整面貌，透過意象組合，詩
歌才有生命，因此本文又更進一步探討風的意象群，試圖找尋李白詩
主題與意象群之間的關聯。「風與女性」、「風與山水」、「風與音樂」
是李白詩中最爲常見的意象組合，透過這些意象群，李白以之呈現「閨
怨」、「行樂」、「遊仙」、「送別」、「思鄉」、「隱逸」六大主題。在「閨
怨」詩中最常見意象群是「風—花—女性」；在「行樂」詩常見的意
象群是「風—花—女性—酒」；在「遊仙」詩常見的意象群是「風—
山—雲」；在「送別」詩常見的意象群是「風—水—酒」；在「思鄉」
詩常見的意象群是「風—笛、簫、管、鼓」；在「隱逸」詩常見的意
象群是「風—琴—松」。這些意象群不但豐富李白詩主題內涵，也造

就李白之所以爲李白的詩歌特色。

綜合以上對李白詩歌「風」意象的整體分析研究，我們了解到李白「風」字詩既豐富又多變，所呈現的風貌不但繼承前人，更能超越前人，也看到了李白詩中「風」意象的基調：

一、盛唐之風

李白生存年代經歷唐朝全盛景況，大部分學者將他奉爲盛唐氣象的代表人物。如葛景春所言：「他的詩歌是盛唐氣象和盛唐之音的典型體現。」〔註1〕陳昌渠也說：「李白是在那個時代精神的感召下培養出來的驕子，在他的身上最集中地體現孕育在那個時代的人們心中的驕傲與自豪。」〔註2〕所謂「盛唐氣象」，林庚解釋：

> 盛唐氣象所指的是詩歌中蓬勃的氣象，這蓬勃不只是由於它發展的盛況，更重要的乃是一種蓬勃的思想感情所形成的時代性格。這時代性格是不能離開了那個時代而存在的。盛唐氣象因此是盛唐時代精神面貌的反映。〔註3〕

唐朝國力強盛、經濟穩定、生活富足、社會開放、文化多元、兼容並蓄，唐朝皇室身帶鮮卑族血統，與胡夷相容，在政治上廣開仕途，利用科舉制度打破門第界限，使出身寒微如魏徵、馬周等人得以進入權力中心，除此也打破種族及性別限制，如任用少數民族爲官，宮廷女官參政，甚至武后稱帝，出現歷史唯一女皇帝，展現前所未有的大格局、大氣象。在藝術創作方面也出現旺盛生命力。杜曉勤《初盛唐詩歌的文化闡釋》：

> 盛唐詩人無論在士風還是詩風上都能博采各地域文化之優長，形成了以剛健、壯大、積極、樂觀爲共同特徵的盛唐

〔註1〕葛景春：《李白研究管窺》（保定：河北大學出版社，2003年），頁108。

〔註2〕陳昌渠：〈李白創作個性略說〉收入《李白研究論叢》（巴蜀書社，1987年），頁23。

〔註3〕林庚：《唐詩綜論》（北京：清華大學出版社，2006年初版），頁23～24。

文化精神。〔註4〕

李白的「風」字詩就是這種積極、樂觀文化精神的反映。「風」意象
作爲詩歌時空背景的設計，最能展現每個時代的氛圍，從李白的「風」
字詩作中，我們看到題材廣、主題多，既能融合前人作品，兼容並蓄，
又能建立個人獨特豪放開闊風格，正是盛唐氣象最佳呈現，非其它時
代能比擬。

二、個人才性

　　作家的創作個性，就是作家對現實生活獨特的把握和表現，就是
作家攝取題材和提煉主題時特有的旨趣，就是作家的才能、修養、氣
質、個性在創作中的體現。〔註5〕李白詩歌之所以飄逸瀟灑、狂放不
羈正是個人才性的展現。

　　李白詩常給人一種率直、明朗的感覺，日人松浦友久認爲：「造
成這種感覺的主要原因是李白對『明亮光輝事物強烈憧憬和追
求』……第一，李白詩歌語彙的語義本身光明度很高，而且又賦它以
多方面表現功用。第二，對同一素材處理，與其他詩人，特別與杜甫
相比，具有明顯不同。」〔註6〕我們從「風」意象的運用也可以清楚
看到這個特點。在李白「風」字詩中，「春風」、「清風」這兩個光明
度甚高的意象所佔次數最高，「春風」使用 46 次最多；「清風」使用
20 次爲其次。即使是位居第三的「秋風」，雖有淡淡悲感，但與同一
時代其他詩人絕望的悲秋感相較，輕盈許多，這與李白本身爽朗、豪
邁的才性息息相關。我們看李白詩中的「大鵬」鳥，在「風起」之時
「搏搖直上九萬里」；「風歇」之時「猶能簸卻滄溟水」；即使臨終之
時，「中天摧兮力不濟」，仍「餘風激兮萬世」。不管「風」從哪個方

〔註4〕杜曉勤：《初盛唐詩歌的文化闡釋》（北京：東方出版社，1997 年），
　　　頁 57。

〔註5〕陳昌渠：〈李白創作個性略說〉收入《李白研究論叢》，頁 17。

〔註6〕（日）松浦友久：《李白詩歌抒情藝術研究》（上海：上海古籍出版
　　　社，1996 年），頁 29。

向吹,所表現磅礴氣勢到達「斗轉而天動,山搖而海傾」的境界。狂放傲岸、永不放棄亦是李白才性的展現。李白一生南北漫遊以天下為家找尋晉身機會,有如孔子後半生周遊各國望能達成淑世理想,雖終未能如願,然同樣抱持「知其不可為而為之」的精神,無怪乎臨終之時以無「孔子」為知己而自傷!從「風」意象群研究也發現,「風」除了與自然風物:「月」、「花」、「雲」、「山」、「水」等意象組合,在李白詩裡常見「風」與「婦人」、「酒」、「仙」等意象組合在一起。而這些意象是李白在選擇題材、提煉主題時借題發揮、曲盡形容、張大其事的藝術手段,但另一方面也展現李白布衣出身及性格中的平民意識及真率不做作。

三、清真主張

　　李白反對雕琢,提倡天真、自然美,他在〈古風其一〉談到自己文學主張及文藝思想:

> 大雅久不作,吾衰竟誰陳。王風委蔓草,戰國多荊榛。龍虎相啖食,兵戈逮狂秦。正聲何微茫,哀怨起騷人。揚馬激頹波,開流蕩無垠。廢興雖萬變,憲章亦已淪。自從建安來,綺麗不足珍。聖代復元古,垂衣貴清真。群才屬休明,乘運共躍鱗。文質相炳煥,眾星羅秋旻。我志在刪述,垂輝映千春。希聖如有立,絕筆於獲麟。〔註7〕

在這首詩李白對詩史進行敘述與評論,他推崇雅正之聲,並以「清真」文風來駁斥「綺麗」的文風,最後還以孔子自比,以刪述為志,直到最終才絕筆。所謂「清真」當指「自然真淳」〔註8〕,李白不僅在理論上,而且在創作中也實踐了自己的美學觀點。他力求樸實自然,感情真切,努力向樂府民歌學習,在李白詩的意象運用上多取自然風物,尤其以「風」、「月」最為常見,以此塑造情境,融情於景,情景

〔註7〕詹鍈主編:《李白全集校注彙釋集評》,頁20。

〔註8〕參見鄭文:〈試談研究李白及其作品的幾個問題〉收入李白研究學會編:《李白研究論叢》(巴蜀書社,1987年),頁298。

合一，展現自然之美，而他的「春風」意象的運用就是很典型的例子，除了有一半以上的「春風」詩以樂府歌吟形式呈現，無論題材、主題、表現手法都很有民歌風味，並時時流露真性情。清劉熙載《藝概》說他：「李詩鑿空而道，歸趣難窮。由風多於雅，興多於賦也。」又說：「幕天席地，友月交風，原是平常過活，非廣己造大也。太白詩當以此意讀之。」〔註9〕即此意。

此外，李白《古風》本是詠懷、感寓或感遇詩，風格樸實自然，是表現李白政治理想和人生感慨的重要詩篇，其中不少篇以寓言、詠史形式對當時政治措施及社會現象進行了抨擊和諷刺。其易為今題或出於後人之手未可知也。然就其主題及表現手法、甚至以「風」為題皆呼應了李白自己文學主張。〈毛詩序〉：「風之始也，所以風天下而正夫婦也，故用之鄉人焉，用之邦國焉。」〔註10〕又言：「上以風化下，下以風刺上。」〔註11〕以雅正之音、清真風格代替華麗無實的文風，透過文學作品讓自己的理念如「風」一般穿梭於大街小巷，亦能上達天聽，不正是「我志在刪述，垂輝映千春。希聖如有立，絕筆於獲麟。」的創作精神嗎？

「風」不受時空的拘限，成為李白信手拈來紓發情志的良伴，更成為我們探討李白詩歌的重要利器，經由「風」意象研究我們更了解李白所展現盛唐氣象、個人才性及清真文學主張。

〔註9〕（清）劉熙載：《藝概》，頁58。
〔註10〕《十三經注疏‧詩經》，頁12。
〔註11〕《十三經注疏‧詩經》，頁16。

參考書目

一、專書（按姓氏筆劃順序）

（一）李白相關研究論著

1. 王揮斌：《李白求是錄》（南昌：江西人民出版社，2000 年）

2. 王運熙等著：《李太白研究》（臺北：里仁書局，1985 年 4 月出版）

3. 安旗、薛天緯、閻琦、房日晰：《李白全集編年注釋》（成都：巴蜀書社，1990 年）

4. 安旗：《李太白別傳》（北京：人民文學出版社，2004 年）

5. 安旗：《李白研究》（臺北：水牛出版社，1992 年初版）

6. 安旗：《李白詩秘要》（三秦出版社，2001 年 6 月）

7. 安旗、閻琦：《李白詩集導讀》（成都：巴蜀書社，1998 年）

8. 阮廷瑜：《李白詩論》（台北：國立編譯館，1986 年）

9. 李紹先、李殿元：《李白懸案揭秘》（成都：四川大學出版社，1996 年）

10. 李長之：《道教徒的詩人李白及其痛苦》（海外圖書公司）

11. 李從軍：《李白考異錄‧李白家世考索》（山東：齊魯書社，1986 年）

12. 松浦友久：《李白的客寓意識及其詩思—李白評傳》（北京：中華書局，2001 年）

13. 松浦友久：《李白詩歌抒情藝術研究》（上海：上海古籍出版社，1996 年）

14. 周勛初：《李白評傳》（南京：南京大學出版，2005 年）

15. 林庚：《詩人李白》（上海：上海古籍出版社，2000 年）

16. 胥樹人：《李白和他的詩歌》（上海：上海古籍出版社，1984 年）

17. 施逢雨：《李白生平新探》（台北：臺灣學生書局，1999 年）

18. 施逢雨：《李白詩的藝術成就》（台北：大安出版社，1992 年）

19. 郁賢皓：《天上謫仙人的秘密–李白考論集》（台北：臺灣商務印書館，1997 年）

20. 許東海：《詩情賦筆話謫仙》（臺北：文津出版社，2000 年）

21. 黃錫珪：《李太白年譜》（台北：學海出版社，1980 年 8 月，初版）

22. 張書誠：《李白家世之謎》（甘肅：蘭州大學出版社，2000 年）

23. 陶新民：《李白與魏晉風度》（北京：中國廣播電視出版，1996 年）

24. 傅東華選註：《李白詩》（台北：台灣商務印書館，1991 年）

25. 詹鍈主編：《李白全集校注彙釋集評》（天津：百花文藝出版社，1996 年）

26. 陳文華：《詩酒李太白》（北京：中華書局，2004 年）

27. 陳宗賢：《李太白詩述評》（台北：台灣商務印書館，1970 年）

28. 葛景春：《李白與中國傳統文化》（台北：群玉堂出版，1991 年）

29. 葛景春：《李白研究管窺》（保定：河北大學出版社，2002 年 1 月初版。）

30. 楊文雄：《李白詩歌接受史》（臺北：五南圖書公司，2000 年）

31. 楊義：《李杜詩學》（北京：北京出版社，2001 年）

32. 裴斐主編：《李白詩歌賞析集》（成都巴蜀書社，1988 年）

33. 裴裴、劉善良編：《李白資料彙編：金元明清之部》（北京：中華書局，2004 年）

34. 瞿蛻園等校注：《李白集校注》（台北：里仁書局，1981 年）

（二）相關古籍

1. 《二十五史·梁書》（台北：藝文印書館）

2. 《二十五史·宋書》（台北：藝文印書館）

3. 《二十五史·晉書》（台北：藝文印書館）

4. 《二十五史·南史》（台北：藝文印書館）

5. 《二十五史·三國志》（台北：藝文印書館）

6. 《二十五史·漢書》（台北：藝文印書館）。

7. 丁仲祜撰：《陶淵明詩箋注》（台北：藝文印書館，1974 年）

8. 毛亨注：《十三經注疏・詩經》（台北：藝文印書館）

9. 王弼注：《十三經注疏・周易》（台北：藝文印書館）

10. 王弼：《周易略例・明象》，收於《易經集成》149（台北：成文出版社，1976 年）

11. 王逸章句：《楚辭》上冊（台北：金楓出版，19975 月一版）

12. 王逸：《楚辭章句》（台北：藝文印書館，1974 年 4 月再版）

13. 六臣註：《六臣註文選》上冊（台北：廣文書局，1964 年）

14. 朱熹：《四書集注》（台北：台灣中華書局， 1984 年）

15. 屈萬里：《詩經釋義》（台北：中國文化大學出版部印行，1993 年）

16. 屈原等原著；黃壽祺、梅桐生譯注：《楚辭》（台北：古籍出版社）

17. 周振甫注：《文心雕龍注釋》（台北：里仁書局，1994 年）

18. 徐志銳：《周易大傳新注》（台北：里仁書局，1995 年）

19. 孫希旦撰：《禮記集解》（台北：文史哲出版，1990 年）

20. 郭慶藩輯：《莊子集釋》（台北：華正書局，1994 年）

21. （漢）許慎撰、（清）段玉裁注《說文解字注》（台北：黎明文化事業股份公司，1993 年）

22. 黃節註：《鮑參軍詩註》（台北：藝文印書館，1971 年）

23. 黃節註：《謝康樂詩註》（台北：藝文印書館，1975 年）

24. 黃節注：《曹子建詩注》（台北：藝文印書館，1975 年）

25. 逯欽立編：《先秦漢魏晉南北朝詩》（北京：中華書局，1983 年）

26. （明）楊慎：《升菴詩話》，丁福保輯：《歷代詩話續編中》，（北京：中華書局，2001 年）

27. （清）劉熙載：《藝概》（台北：漢京文化事業，1985 年）

28. 鍾嶸：《詩品》（台北：地球出版社，1994 年）

（三）文學、意象相關論著

1. 丁成泉：《中國山水詩史》（臺北：文津出版社，1995 年 8 月）

2. 王夢鷗：《文學概論》（台北：藝文印書館，1991 年）

3. 王立：《中國古代文學十大主題—原型與流變》（台北：文史哲出版，1994 年）

4. 王英志： 《中國古典詩歌藝術新探》（江蘇古籍出版社，1996 年）

5. 王運熙：《六朝樂府與民歌》（臺北：新文豐出版公司，1982 年 8 月。）

6. 王力：《中國詩律研究》（原漢語詩律學）（臺北：文津出版社，1987

年。）

7. 王運生：《論詩藝》（雲南：人民出版社，1994 年 6 月。）

8. 王次炤：《音樂美學新論》（台北：萬象公司，1997 年 3 月）

9. 仇小屏著：《篇章意象論》（台北：萬卷樓圖書股份有限公司，2006 年）

10. 向錦江、張建業主編：《文學概論新編》（北京：北京師範學院出版社，1988 年）

11. 余冠英選注：《漢魏六朝詩選》（香港：三聯書店，1995 年 8 月）

12. 呂正惠《唐詩論文選集》（臺北：長安出版社，1985 年）

13. 何寄澎：《總是玉關情——唐邊塞詩初探》（臺北：聯經出版社，1968 年）

14. 吳宏一主編、呂正惠助編：《中國古典文學論文精選叢刊——詩歌類》（臺北：幼獅文化事業公司，1980 年 8 月初版 1985 年 4 月再版）

15. 吳小如、王運熙、曹道衡等：《漢魏六朝詩鑑賞辭典》（上海辭書出版社，1996 年 5 月）

16. 茆家培、李子龍主編：《謝朓與李白研究》（北京：人民文學出版社，1988 年）

17. 李湘：《詩經名物意象探析》（台北：萬卷樓圖書公司，1999 年）

18. 李豐楙：《憂與遊——六朝隋唐遊仙詩論集》（台北：臺灣學生書局，1996 年。）

19. 周世箴：《語言學與詩歌詮釋》（台中：晨星出版，2003 年）

20. 周振甫：《詩詞例話》（臺北：長安出版社，1987 年 9 月再版）

21. 杜曉勤：《初盛唐詩歌的文化闡釋》（北京：東方出版社，1997 年）

22. 林庚：《唐詩綜論 》（北京：清華大學出版社，2006 年）

23. 林谷芳：《傳統音樂概論》（台北：漢光文化公司，1998 年 7 月）

24. （日）岸邊成雄：《唐代音樂史研究》（上）（台北：臺灣中華書局，1973 年）

25. 洪讚 ：《唐代戰爭詩研究》（臺北：文史哲出版社，1988 年）

26. 洪順隆：《六朝詩論》（臺北：文津出版社，1978 年）

27. 袁行霈：《中國詩歌藝術研究》（臺北：五南圖書出版公司，1989 年 5 月初版）

28. 施蟄存 ：《唐詩百話》（上海古籍出版社，1987 年）

29. 張夢機：《鷗波詩話》（臺北：漢光文化事業公司，1984 年 5 月）

30. 葉朗：《中國美學的發展》上冊（台北：金楓出版有限公司，1987年）

31. 陳滿銘：《意象學廣論》（台北：萬卷樓圖書股份有限公司，2006年）

32. 黃永武：《中國詩學・設計篇》，（台北：巨流圖書公司，1999年）

33. 黃永武：《詩與美》（臺北：洪範出版社，1987年12月四版）

34. 黃永武：《敦煌的唐詩》（臺北：洪範書店，1993年）

35. 劉月珠：《唐人音樂詩研究》（台北：秀威資訊科技有限公司，2007年4月一版）

36. 聞一多：《唐詩雜論詩與批評》（北京：三聯書店，1999年11月1版）

37. 蔡玲婉：《豪情壯志譜驪歌—盛唐送別詩的審美風貌》（台北：文津出版社，2002年9月初版）

38. 歐麗娟：《杜詩意象論》（台北：里仁書局印行，1997年）

39. 顏元叔主編：《西洋文學辭典》（臺北：正中書局，1991年）

40. 鍾慧玲主編：《女性主義與中國文學》（台北：里仁書局，1997年4月初版）

（四）論文集（按出版時間順序）

1. 陳鵬翔主編：《主題學研究論文集》（台北：東大圖書有限公司，1983年）

2. 李白研究學會編：《李白研究論叢》（四川：巴蜀書社，1987年）

3. 中國李白研究會馬鞍山研究所編：《中國李白研究2005年集》（合肥：黃山書社出版，2005年）

4. 陳維德、韋金滿、薛雅文主編：《唐宋詩詞研究論集》（彰化：明道大學國學研究所，2008年）

二、學位論文（按出版時間順序）

1. 王文進：《論六朝詩中巧構形似之言》，台灣師範大學碩士論文，1978年。

2. 林貞玉：《李白文學之研究》，台灣師範大學碩士論文，1982年。

3. 莊美芳：《李太白詩探源》，東吳大學中研所碩士論文，1986年10月。

4. 張榮基：《李白樂府詩之研究》，政治大學中研所碩士論文，1987年。

5. 黃淑娥：《李白樂府詩之修辭研究》，香港珠海大學中研所碩士論

文，1987 年。

6. 許翠雲：〈唐代閨怨詩研究〉，國立臺灣師範大學中國文學研究所 1988 年碩士論文。

7. 蕭岳：《李白樂府詩之用韻及修辭研究》，香港大學新亞研究所文學組碩士論文，1988 年。

8. 歐麗娟《杜甫詩之意象研究》，國立台灣大學中國文學研究所 1990 年碩士論文。

9. 楊文雀：《李白詩中神話運用之研究——以仙道神話爲主體》，輔仁大學中研所碩士論文，1991 年。

10. 孫鐵吾《李白詩歌中植物意象研究 》，國立師範大學國文學系 1997 年碩士論文。

11. 沈木生《李白詩歌月亮意象研究》，南華大學文學研究所 2001 年碩士論文。

12. 王秋香《先秦詩歌水意象研究》，國立中山大學中國語文學系研究所 2003 年碩士論文。

13. 林聆慈《東坡詩詞月意象研究》，國立政治大學中國文學研究所 2003 年碩士論文。

14. 曾莉莉〈唐代婦女閨怨詩研究〉，國立高雄師範大學/國文教學碩士班 2003 年碩士論文。

15. 林梧衛《李白詩歌酒意象之研究》，玄奘人文社會學院中國語文研究所 2003 年碩士論文。

16. 王正利《杜甫詩中之意志與命運衝突研究—以意象爲核心之探討》，臺灣大學中國文學研究所 2004 年碩士論文。

17. 林淑英：《東坡詞風意象研究》，國立彰化師範大學國文學系 2004 年碩士論文。

18. 涂佩鈴《歷代莫愁詩歌之研究》，國立臺灣師範大學國文學系 2005 年博士論文。

19. 陳敬介《李白詩研究》，東吳大學中國文學系 2005 年博士論文。

20. 錢愛娟《論杜甫詩中的風雨意象》，陝西師範大學 2005 年碩士學位論文。

21. 林巧崴《楊守愚古典詩意象研究》，國立彰化師範大學國文學系 2006 年碩士論文。

22. 胡皓月《建安詩歌中的悲風意象》，東北師範大學 2006 年碩士學位論文。

三、期刊論文（按出版時間順序）

1. 陳寅恪：〈李太白氏族之疑問〉《清華學報》十卷一期 1935 年。

2. 孫凱第：〈唐宗室與李白〉《經世日報・讀書周刊》1946 年 10 月 30 日。

3. 稗山：〈李白兩入長安〉《中華文史論叢》第二輯，1962 年。

4. 郁賢皓：〈李白兩入長安及有關交遊考辯〉《南京師院學報》第四期 1978 年。

5. 王文才：〈李白家世探微〉，《四川師院學報》第四期 1979 年。

6. 裴斐：〈歷代李白評價述評〉《文學評論叢刊》第五期 1980 年 3 月。

7. 楊盛龍：〈皎潔的象徵理想的寄託——略論李白詩中的月〉《西南民族學院學報》1981 年第 1 期。

8. 吳啓明：〈李白〈清平調〉三首辯偽〉《文學遺產》第三期，《唐聲詩》，第 477 頁，上海：上海古籍出版社，1982 年。

9. 從軍：〈李白三入長安考〉中華文史論叢、第二輯，1983 年。

10. 秦紹培：〈也談唐代邊塞詩派的評價問題〉《新疆大學學報》3 期 1984。

11. 鍾吉雄：〈爲什麼我不敢告訴你我是誰——談李白的身世之謎〉《台灣時報》1984 年 10 月 28 日八版。

12. 梁德林〈古代詩歌中的「風」意象〉《社會科學輯刊》第 2 期，1996 年。

13. 陳定玉：〈李白詩歌『入神』說——嚴羽評點《李太白詩集》發微〉《中國李白研究》：1995～1996 年集，安徽文藝出版社 1997 年 8 月。

14. 張君瑞：〈禪宗思維方式與李白詩歌藝術〉《中國李白研究 1997 年集》合肥安徽文藝出版社，1998 年 10 月。

15. 范長華：〈王伯成《貶夜郎》雜劇探析〉《中國李白研究》1997 年集：中國李白研究會、馬鞍山李白研究所編，安徽文藝出版社 1998 年 10 月。

16. 姜光斗〈略論李白詩風蘊藉含蓄與任情率眞的矛盾統一〉《中國李白研究 1997 年集》合肥：安徽文藝出版社，1998 年 10 月。

17. 翁成龍：〈李白樂府詩的修辭技巧〉《台中商專學報》第三十期 1998 年 6 年。

18. 張應斌：〈「風」與文學發生學〉《湖北民族學院學報》第 17 卷，第 4 期，1999 年。

19. 楊義：〈李白詩的語言創造法則〉《中國古代・近代文學研究》1999 年第 2 期。

20. 黃雅淳：〈從將進酒看李白〉《國文天地》第 14 卷第 11 期 1999 年 4 月。

21. 劉寧：〈李白烏栖曲讀後—詩成緣何泣鬼神〉《文史知識》1999 年第 6 期。

22. 周春林：〈談談象徵及其美學功能〉《修辭學習》2000 年第 3 期。

23. 王淮生：〈關於「百代詞曲之祖」的臆想〉《中國李白研究》：2000 年集，安徽文藝出版社 2000 年 10 月。

24. 葛培嶺：〈論元白對李杜的整體評價〉《中國李白研究》2000 年集：中國李白研究會、馬鞍山李白研究所編，安徽文藝出版社 2000 年 10 月。

25. 杜道明：〈清水出芙蓉、天然去雕飾〉《新疆大學學報》25 卷 3 期 2001 年。

26. 謝群：〈試論中國古典詩歌意象群組合的歷史傳承性〉《湘潭師範學院學報》第 23 卷第 3 期 2001 年 7 月。

27. 曹萌：〈再論建安文學與唐詩宋詞繁榮的共性原因〉《鄭州大學學報》34 卷 2 期 2001 年。

28. 曹化根：〈李白的明月世界〉，《中國李白研究》2001～2002 年集合肥：黃山書社 2002 年 12 月。

29. 孟修祥：〈論李白對楚辭的接受〉《中國李白研究》：中國李白研究會、馬鞍山李白研究所編，黃山書社 2002 年 12 月。

30. 黃炳輝、莊如順：〈試論李白對屈原詩歌藝術特點的繼承和發展〉《中國古代‧近代文學研究》第 1 期。

31. 陳俊強〈從法律史的角度看李白流夜郎〉《第六屆唐代文化學術研討會論文集》二。

32. 陳滿銘：〈意象學研究的新方向〉《國文天地》，第 22 卷，第 1 期，2006 年 6 月

33. 陳樹寶：〈詩歌中的意象與意象組合〉《寧波教育學院學報》第 8 卷，第 3 期，2006 年 6 月

附　錄

李白詩「風」意象摘句一覽表

出處：詹瑛主編《李白全集校注彙釋集評》

說明：此表之類別是根據詹瑛主編《李白全集校注彙釋集評》目錄之
　　　分類，或以體裁；或以題材；或以主題；或以出處作爲分類依
　　　據，雜然不一，僅供參考。

編號	類別	詩　題	詩　句	冊次	頁數
一	春風				
001	樂府	春日行	春風吹落君王耳	1	419
002	樂府	前有一樽酒行二首一	春風東來忽相過	1	424
003	樂府	前有一樽酒行二首二	當壚笑春風	1	428
004	樂府	日出行	草不謝榮於春風	1	469
005	樂府	山人勸酒	春風爾來爲阿誰	2	524
006	樂府	上之回	桃李傷春風	2	624
007	樂府	怨歌行	卷衣戀春風	2	696
008	樂府	大堤曲	春風無復情	2	737
009	樂府	宮中行樂詞八首之三	絲管醉春風	2	747
010	樂府	宮中行樂詞八首之六	春風開紫殿	2	754
011	樂府	宮中行樂詞八首之七	春風柳上歸	2	756
012	樂府	清平調詞三首之一	春風拂檻露華濃	2	767
013	樂府	清平調詞三首之三	解釋春風無限恨	2	773

014	樂府	相逢行	春風正澹蕩	2	847
015	樂府	少年行	銀鞍白馬度春風	2	879
016	樂府	白鼻䯄	細雨春風花落時	2	882
017	樂府	春思	春風不相識	2	929
018	樂府	擣衣篇	樓上春風日將歇	2	953
019	樂府	長相思之一	願隨春風寄燕然	2	970
020	歌吟	侍從宜春苑奉詔賦龍池柳色初青聽新鶯百囀歌	春風卷入碧雲去間關早得春風情	2	996
021	歌吟	白毫子歌	綠蘿樹下春風來	2	1050
022	歌吟	永王東巡歌十一首四	春風試暖昭陽殿	3	1162
023	歌吟	酬殷明佐見贈五雲裘歌	片片吹落春風香	3	1225
024	歌吟	古意	爲逐春風斜	3	1245
025	寄	春日獨坐寄鄭明府	長條一拂春風去	4	1912
026	寄	寄韋南陵冰余江上乘興訪之遇尋顏尚書笑有此贈	春風狂殺人	4	1971
027	寄	望漢陽柳色寄王宰	春風傳我意	4	2040
028	送	送趙雲卿	春風餘幾日	5	2501
029	送	餞校書叔雲	喜見春風還	5	2524
030	送	宣城送劉副使入秦	春風入黃池	5	2574
031	送	送儲邕之武昌	春風三十度	5	2604
032	酬答	答王十二寒夜獨酌有懷	蹇驢得志鳴春風	5	2699
033	遊宴	攜妓登梁王棲霞山孟氏桃園中	黃鸝愁醉啼春風	5	2810
034	行役	下途歸石門舊居	向暮春風楊柳絲	6	3090
035	懷古	自廣平乘醉走馬六十里至邯鄲登城樓覽古書懷	寫鞍春風生	6	3171
036	閑適	待酒不至	春風與醉客	6	3293
037	閑適	春日醉起言志	春風語流鶯	6	3315
038	閑適	對酒	春風笑人來	6	3331
039	感遇	擬古十二首之五	春風笑於人	7	3412
040	詠物	詠桂	及此春風暄	7	3556
041	題詠	勞勞亭	春風知別苦	7	3583
042	雜詠	春夜洛城聞笛	散入春風滿洛城	7	3624

043	閨情	寄遠十一首之二	羅衣輕春風	7	3649
044	閨情	寄遠十一首之五	春風復無情	7	3655
045	閨情	寄遠十一首之八	春風玉顏畏銷歇	7	3659
046	閨情	春怨	羅帷繡被臥春風	7	3675
二	清風				
047	古風	古風之十一	清風灑六合	1	74
048	古風	古風之三十八	若無清風吹	1	184
049	古風	古風之五十八	地遠清風來	1	252
050	歌吟	襄陽歌	清風朗月不用一　錢買	2	973
051	贈	贈徐安宜	清風動百里	3	1270
052	贈	贈瑕丘王少府	清風佐鳴琴	3	1292
053	贈	書情題蔡舍人雄	清風愁奈何	3	1458
054	贈	贈崔諮議	長嘶向清風	3	1491
055	贈	戲贈鄭溧陽	清風北窗下	3	1557
056	贈	贈宣城趙太守悅	六國揚清風	4	1768
057	贈	贈友人三首之一	叨沐清風吹	4	1804
058	送	送楊燕之東魯	清風播人天	5	2457
059	遊宴	遊泰山六首之一	萬里清風來	5	2791
060	遊宴	春日陪楊江寧及諸官宴北湖感古作	楊宰穆清風	6	2848
061	遊宴	秋浦清溪雪夜對酒客有唱山鷓鴣者	清風動窗竹	6	2869
062	遊宴	陪族叔當塗宰遊化城寺升公清風亭	左右清風來	6	2935
063	懷古	姑孰十詠之謝公宅	惟有清風閒	6	3236
064	閑適	與元丹丘方城寺談玄作	清風生虛空	6	3251
065	寫懷	翰林讀書言懷呈集賢院內諸學士	或時清風來	7	3467
066	詠物	南軒松	清風無閒時	7	3528
三	秋風				
067	古風	古風之二十七	坐泣秋風寒	1	139
068	樂府	行路難三首之三	秋風忽憶江東行	1	400
069	樂府	長干行二首之一	落葉秋風早	2	614
070	樂府	子夜吳歌之秋歌	秋風吹不盡	2	939

071	歌吟	東山吟	秋風吹落紫綺冠	3	1117
072	贈	贈裴司馬	失寵秋風歸	3	1506
073	贈	遊溧陽北湖亭望瓦屋山懷古贈同旅	始覺秋風還	3	1569
074	贈	於五松山贈南陵常贊府	秋風思歸客	4	1792
075	贈	自梁園至敬亭山見會公談陵陽山水兼期同遊因有此贈	我隨秋風來	4	1796
076	寄	遊敬亭寄崔侍御	世路如秋風	4	2077
077	別	留別賈舍人至二首之二	秋風吹胡霜	4	2220
078	送	送張舍人之江東	正值秋風時	5	2254
079	送	送陸判官往琵琶峽	水國秋風夜	5	2545
080	送	送崔氏昆季之金陵	秋風渡江來	5	2592
081	遊宴	九日登山	帽逐秋風吹	6	2923
082	行役	秋下荊門	布帆無恙挂秋風	6	3135
083	寫懷	南奔書懷	不因秋風起	7	3490
084	雜詠	三五七言	秋風清	7	3642
085	閨情	長信宮	獨坐怨秋風	7	3668
四	東風				
086	古風	古風之四十七	偶蒙東風榮	1	217
087	樂府	久別離	東風兮東風	2	567
088	樂府	折楊柳	搖豔東風年	2	864
089	樂府	長歌行	東風動百物	2	964
090	贈	江夏贈韋南陵冰	東風吹夢到長安	4	1722
091	寄	書情寄從弟邠州長史昭	東風引碧草	4	2012
092	寄	早春寄王漢陽	昨夜東風入武陽	4	2046
093	寄	江上寄巴東故人	東風吹客夢	4	2048
094	送	送趙判官赴黔府中丞叔幕	東風春草綠	5	2539
095	送	送郤昂謫巴中	東風灑雨露	5	2551
096	遊宴	金陵鳳凰臺置酒	東風吹山花	6	2865
097	閑適	獨酌	東風吹愁來	6	3294
098	閑適	春日獨酌二首之一	東風扇淑氣	6	3298
099	懷思	落日憶山中	東風隨春歸	6	3372

100	詠物	見野草中有日白頭翁者	留恨向東風	7	3548
101	雜詠	放後遇恩不霑	東風日本至	7	3634
五	松風				
102	贈	見京兆韋參軍量移東陽二首之二	松風五月寒	3	1299
103	贈	贈嵩山焦鍊師	松風鳴夜弦	3	1439
104	送	送王屋山人魏萬還王屋	松風和猿聲	5	2257
105	酬答	至陵陽山登天柱石酬韓侍御見 招隱黃山	吹笙舞松風	5	2764
106	遊宴	遊泰山六首之六	夜靜松風歇	5	2805
107	遊宴	與從姪杭州刺史良遊天竺寺	松風颯驚秋	6	2815
108	遊宴	下終南山過斛斯山人宿置酒	長歌吟松風	6	2823
109	登覽	大庭庫	松風如五弦	6	2947
110	閑適	夏日山中	露頂灑松風	6	3312
111	感遇	感興八首之五	吹笙坐松風	7	3442
112	題詠	題元丹丘山居	松風清襟袖	7	3568
113	集外	瀑布	松風拂我足	8	4460
六	長風				
114	古風	古風之四十一	永隨長風去	1	196
115	樂府	行路難三首之一	長風破浪會有時	1	394
116	樂府	關山月	長風幾萬里	1	494
117	歌吟	鳴皋歌送岑徵君	若長風扇海湧滄溟之波濤	3	1067
118	歌吟	永王東巡歌十一首之八	長風挂席勢難迴	3	1169
119	贈	贈何七判官昌浩	心隨長風去	3	1333
120	送	魯中送二從弟赴舉之西京	逸翰凌長風	5	2442
121	送	宣州謝朓樓餞別校書叔雲	長風萬里送秋雁	5	2566
122	送	登黃山凌歊臺送族弟溧陽尉濟 充泛舟赴華陰	開帆散長風	5	2595
123	遊宴	遊泰山六首之四	雲行信長風	5	2791
124	遊宴	秋夜與劉碭山泛宴喜亭池	只待長風吹	5	2808

125	登覽	九日登巴陵置酒望洞庭水軍	長風鼓橫波	6	3045
七	天風				
126	樂府	古有所思行	海寒多天風	2	564
127	樂府	估客樂	海客乘天風	2	947
128	歌吟	橫江詞六首之六	月暈天風霧不開	3	1111
129	贈	贈任城盧主簿	海鳥知天風	3	1274
130	寄	新林浦阻風寄友人	天風難與期	4	1966
131	寄	流夜郎至西塞驛寄裴隱	揚帆借天風	4	2033
132	送	魯城北郭曲腰桑下送張子還嵩陽	爾獨知天風	5	2355
133	感遇	寓言三首之一	天風拔大木	7	3450
八	香風				
134	古風	古風之十六	香風引趙舞	1	97
135	樂府	宮中行樂詞八首之五	繡戶香風暖	2	753
136	歌吟	扶風豪士歌	吳歌趙舞香風吹	2	1037
137	贈	走筆贈獨孤駙馬	香風吹人花亂飛	3	1434
138	贈	於五松山贈南陵常贊府	蘭秋香風遠	4	1792
139	登覽	鸚鵡洲	煙開蘭葉香風暖	6	3040
140	感遇	擬古十二首之四	香風送紫蕊	7	3410
141	詠物	紫藤樹	香風留美人	7	3533
142	閨情	寄遠十一首之三	莫使香風飄	7	3651
九	涼風				
143	樂府	秋思	颯爾涼風吹	2	932
144	歌吟	金陵城西樓月下吟	金陵夜寂涼風發	3	1114
145	寄	江上寄元六林宗	涼風何蕭蕭	4	2050
146	遊宴	遊水西簡鄭明府	涼風日瀟灑	6	2920
147	登覽	與夏十二登岳陽樓	醉後涼風起	6	3051
148	感遇	擬古十二首之十一	悵望涼風前	7	3429
149	感遇	秋夕旅懷	涼風度秋海	7	3458
十	飄風				
150	古風	古風之二十	倏如飄風度	1	115
151	古風	古風之二十八	時景如飄風	1	141
152	歌吟	草書歌行	飄風驟雨驚颯颯	3	1237

153	贈	陳情贈友人	飄風吹雲霓	4	1814
154	送	送程劉二侍郎兼獨孤判官赴安西幕府	飛書走檄如飄風	5	2389
十一	南風				
155	歌吟	永王東巡歌十一首之十一	南風一掃胡塵靜	3	1174
156	寄	寄東魯二稚子	南風吹歸心	4	1983
157	送	送蕭三十一之魯中兼問稚子伯禽	南風吹白沙	5	2463
158	送	送二季之江東	南風欲進船	6	2558
159	寫懷	避地司空原言懷	南風昔不競	7	3484
十二	狂風				
160	樂府	司馬將軍歌	狂風吹古月	2	592
161	歌吟	橫江詞六首之三	狂風愁殺峭帆人	3	1105
162	送	金鄉送韋八之西京	狂風吹我心	5	2339
163	閨情	代美人愁鏡二首之二	狂風吹卻妾心斷	7	3706
十三	北風				
164	樂府	北風行	唯有北風號怒天上來。 北風雨雪恨裁。	1	484
165	樂府	門有車馬客行	北風揚胡沙	2	661
166	送	送族弟綰從軍安西	漢家兵馬乘北風	5	2424
167	寫懷	秋夕書懷	北風吹海雁	7	3480
十四	悲風				
168	古風	古風之三十二	天寒悲風生	1	157
169	樂府	上留田行	悲風四邊來	1	410
170	歌吟	勞勞亭歌	悲風愁白楊	3	1097
171	行役	自巴東舟行經瞿唐峽登巫山最高峰晚還題壁	悲風鳴森柯	6	3124
十五	胡風				
172	樂府	白紵辭三首之一	胡風吹天飄塞鴻	2	639
173	樂府	豫章行	胡風吹代馬	2	884
174	感遇	擬古十二首之六	胡風結飛霜	7	3414
十六	嚴風				
175	樂府	胡無人	嚴風吹霜海草凋	1	476

176	樂府	北上行	嚴風裂衣裳	2	807
177	贈	獻從叔當塗宰陽冰	嚴風起前楹	4	1867
十七	回風				
178	古風	古風之七	回風送天聲	1	57
十八	金風				
179	贈	贈張相鎬二首之二	氣激金風壯	4	1617
180	酬答	酬張卿夜宿南陵見贈	火落金風高	5	2677
十九	寒風				
181	送	送白利從金吾董將軍西征	寒風生鐵衣	5	2430
182	酬答	酬崔五郎中	凜然寒風生	5	2648
二十	晚風				
183	別	江夏別宋之悌	江猿嘯晚風	4	2212
184	遊宴	流夜郎至江夏陪長史叔及薛明府宴興德寺南閣	蓮舟颺晚風	6	2882
二一	惠風				
185	登覽	登巴陵開元寺西閣贈衡嶽僧方外	登眺餐惠風	6	3054
186	集外	賦得鶴送史司馬赴崔相公幕	吟弄惠風吹	8	4446
二二	裊風				
187	樂府	陽春歌	綠楊結煙垂裊風	2	513
二三	惡風				
188	歌吟	橫江詞六首之四	海神來過惡風迴	3	1106
二四	餘風				
189	歌吟	臨路歌	餘風激兮萬世	3	1231
二五	驚風				
190	贈	贈溧陽宋少府陟	驚風西北吹	3	1552
二六	江風				
191	寄	月夜江行寄崔員外宗之	飄飄江風起	4	1959
二七	信風				
192	寄	自金陵泝流過白壁山玩月達天門寄句王主薄	川長信風來	4	2086
二八	好風				

193	送	杭州送裴大澤赴廬州長史	好風吹落日	5	2372
二九	泠風				
194	登覽	登太白峰	願乘泠風去	6	2964
三十	海風				
195	登覽	望廬山瀑布水二首之一	海風吹不斷	6	3020
三一	朔風				
196	行役	郢門秋懷	朔風正搖落	6	3113
三二	疾風				
197	行役	江行寄遠	疾風吹片帆	6	3137
三三	夜風				
198	懷古	峴山懷古	長松鳴夜風	6	3169
三四	景風				
199	閑適	過汪氏別業二首之二	景風從南來	6	3288
三五	邊風				
200	詠物	觀放白鷹二首之一	八月邊風高	7	3534
三六	暖風				
201	集外	送袁明府任長沙	暖風花繞樹	8	4445
三七	風				
202	古風	古風之三十三	煇赫因風起	1	160
203	古風	古風之三十七	震風擊齊堂	1	180
204	古風	古風之三十九	風飄大荒寒	1	187
205	樂府	飛龍引二首之一	從風縱體登鸞車	1	372
206	樂府	獨漉篇	飄零隨風	2	501
207	樂府	採蓮曲	風飄香袂空中舉	2	571
208	樂府	白頭吟	隨風任傾倒	2	574
209	樂府	臨江王節士歌	風號沙宿瀟湘浦	2	588
210	樂府	獨不見	風摧寒棕響	2	635
211	樂府	白紵辭三首之三	激楚結風醉忘歸	2	639
212	樂府	妾薄命	隨風生珠玉	2	651
213	樂府	塞下曲六首之三	駿馬似風飆	2	701
214	歌吟	南都行	冠蓋隨風還	2	984
215	歌吟	元丹丘歌	身騎飛龍耳生風	2	1032
216	歌吟	橫江詞六首之一	一風三日吹倒山	2	1101

217	歌吟	鳴皋歌奉餞從翁清歸五崖山居	青松來風吹石道	3	1079
218	歌吟	當塗趙炎少府粉圖山水歌	飄如隨風落天邊	3	1146
219	歌吟	上皇西巡南京歌十首之五	萬國同風共一時	3	1186
220	歌吟	峨眉山月歌送蜀僧晏入中京	風吹西到長安陌	3	1202
221	贈	淮海對雪贈傅靄	從風渡溟渤	3	1266
222	贈	贈郭將軍	愛子臨風吹玉笛	3	1344
223	贈	上李邕	大鵬一日同風起 假令風歇時下來	3	1364
224	贈	贈清漳明府姪聿	人寂風入室	3	1397
225	贈	贈崔秋浦三首之三	風隨惠化春	3	1582
226	贈	中丞宋公以吳兵三千赴河南軍次尋陽脫余之囚參謀幕府因贈之	風高初選將	4	1646
227	贈	對雪醉後贈王歷陽	子猷聞風動窗竹	4	1749
228	贈	贈友人三首之三	歲酒上逐風	4	1809
229	贈	贈從弟冽	風飄落日去	4	1821
230	贈	經亂後將避地剡中留贈崔宣城	風開湖山貌	4	1859
231	寄	淮南臥病書懷寄蜀中趙徵君蕤	風入松下清	4	1886
232	寄	秋夜宿龍門香山寺奉寄王方城 十七丈奉國瑩上人從弟幼成令 問	心清松下風	4	1906
233	寄	聞王昌齡左遷龍標遙有此寄	隨風直到夜郎西	4	1935
234	別	夢遊天姥吟留別	霓為衣兮風為馬	4	2101
235	別	金陵酒肆留別	風吹柳花滿店香	4	2184
236	別	留別賈舍人至二首之一	長嘯萬里風	4	2216
237	送	送裴十八圖南歸嵩山二首之一	風吹芳蘭折	5	2402
238	送	送殷淑三首之一	應便有風飄	5	2470
239	送	尋陽送弟昌峒鄱陽司馬作	水亭風氣涼	5	2519

240	酬答	金門答蘇秀才	松鳴風琴裏	5	2659
241	酬答	酬裴侍御對雨感時見贈	風嚴清江爽	5	2677
242	酬答	翫月金陵城西孫楚酒樓達曙歌吹日晚乘醉著紫綺裘烏紗巾與酒客數人棹歌秦淮往石頭訪崔四侍御	字字凌風飆	5	2718
243	酬答	答高山人兼呈權顧二侯	同風遙執袂	5	2748
244	遊宴	在水軍宴韋司馬樓船觀妓	清流順歸風	6	2879
245	遊宴	九日	風揚弦管清	6	2930
246	遊宴	九日龍山飲	醉看風落帽	6	2932
247	登覽	登邯鄲洪波臺置酒觀發兵	風引龍虎旗	6	2967
248	登覽	登金陵冶城西北謝安墩	胡馬風漢草	6	2990
249	登覽	秋登巴陵望洞庭	風清長沙浦	6	3048
250	登覽	秋登宣城謝朓北樓	臨風懷謝公	6	3065
251	登覽	過崔八丈水亭	猿嘯風中斷	6	3078
252	行役	夜泊黃山聞殷十四吳吟	風生萬壑振空林	6	3145
253	懷古	上元夫人	忽然隨風飄	6	3153
254	懷古	過四皓墓	木魅風號去	6	3167
255	懷古	宿巫山下	雨色風吹去	6	3214
256	閑適	安州般若寺水閣納涼喜遇薛員 外父	風生松下涼	6	3260
257	閑適	日夕山中忽然有懷	風滅籟歸寂	6	3310
258	懷思	春滯沅湘有懷山中	風暖煙草綠	6	3370
259	感遇	擬古十二首之二	風卷遶飛梁	7	3404
260	感遇	擬古十二首之十	琴彈松裏風	7	3427
261	感遇	寓言三首之三	從風欲傾倒	7	3455
262	寫懷	江上秋懷	颯颯風卷沙	7	3476
263	寫懷	荊州賊平臨洞庭言懷作	風悲猿嘯苦	7	3512
264	詠物	詠鄰女東窗海石榴	清香隨風發	7	3526
265	詠物	宣州長史弟昭贈余琴谿中雙舞鶴詩以見志	背風振六翮	7	3561
266	雜詠	金陵聽韓侍御吹笛	風吹繞鍾山	7	3629

267	雜詠	流夜郎聞酺不預	願得風吹到夜郎	7	3631
268	閨情	代別情人	風吹綠琴去	7	3684
269	閨情	口號吳王舞人半醉	風動荷花水殿香	7	3702
270	閨情	送內尋廬山女道士李騰空二首之一	風掃石楠花	7	3725
271	集外	初月	雲畔風生爪	8	4429
272	集外	曉晴	風吹挂竹谿	8	4433
273	集外	送友生遊峽中	風靜楊柳垂	8	4444
三八	風塵				
274	古風	古風之四	千載落風塵	1	44
275	古風	古風之三十	風塵凋素顏	1	148
276	樂府	少年行	何須徇節甘風塵	2	948
277	歌吟	鳴皋歌送岑徵君	亦奚異乎夔龍蠳蠵於風塵	3	1067
278	贈	贈韋祕書子春二首之二	徒爲風塵苦	3	1316
279	贈	駕去溫泉後贈楊山人	風塵蕭瑟多苦顏	3	1347
280	贈	流夜郎贈辛判官	寧知草動風塵起	4	1652
281	寄	北山獨酌寄韋六	念君風塵游	4	1977
282	送	送王屋山人魏萬還王屋	昂藏出風塵	5	2257
283	送	魯郡堯祠送張十四遊河北	骯髒在風塵	5	2369
284	懷古	王右軍	瀟灑在風塵	6	3150
285	閨情	出妓金陵子呈盧六四首之一	傲然攜妓出風塵	7	3743
三九	風雲				
286	樂府	梁甫吟	風雲感會起屠釣	1	316
287	樂府	猛虎行	心藏風雲世莫知	2	907
288	歌吟	歷陽壯士勤將軍名思齊歌	風雲何霮對	3	1233
289	贈	讀諸葛武侯傳書懷贈長安崔少府叔封昆季	風雲四海生	3	1338
290	贈	贈新平少年	何時騰風雲	3	1422
291	贈	贈張相鎬二首之一	風雲激壯志	4	1617
292	贈	贈宣城趙太守悅	風雲何足論	4	1768
293	贈	獻從叔當塗宰陽冰	激昂風雲氣	4	1867

294	送	送張秀才謁高中丞	天地動風雲	5	2510
295	哀傷	自溧水道哭王炎三首之一	義與風雲翔	7	3752
四十	風波				
296	樂府	遠別離	隨風波兮去無還	1	267
297	樂府	荊州歌	白帝城邊足風波	2	554
298	樂府	長干行二首之二	妾夢越風波	2	619
299	歌吟	橫江詞六首之二	橫江欲渡風波惡	3	1103
300	歌吟	橫江詞六首之五	如此風波不可行	3	1108
301	歌吟	永王東巡歌十一首之一	樓船一舉風波靜	3	1155
302	懷古	姑孰十詠十首之二丹陽湖	風波浩難止	6	3235
四一	風沙				
303	古風	古風之十三	胡關饒風沙	1	83
304	樂府	公無渡河	茫然風沙	1	281
305	樂府	出自薊北門行	孟冬風沙緊	2	799
306	寄	禪房懷友人岑倫	風沙淒苦顏	4	1991
四二	風色				
307	樂府	長干行二首之二	沙頭候風色	2	619
308	贈	早秋贈裴十七仲堪	遠海動風色	3	1277
309	寄	廬山謠寄廬侍御虛舟	黃雲萬里動風色	4	1999
310	閑適	嘲王歷陽不肯飲酒	地白風色寒	6	3334
四三	風霜				
311	樂府	長歌行	風霜無久質	2	964
312	贈	贈劉都使	落筆迴風霜	4	1656
313	贈	贈從弟宣州長史昭	搖筆起風霜	4	1779
314	送	送趙判官赴黔府中丞叔幕	風霜推獨坐	5	2539
四四	風雨				
315	樂府	梁甫吟	倏爍晦冥起風雨	1	316
316	贈	經亂離後天恩流夜郎憶舊遊書懷贈江夏韋太守良宰	賊勢騰風雨	4	1666
317	遊宴	與南陵常贊府遊五松山	終年風雨秋	6	2912

四五	風水				
318	贈	宿清溪主人	枕席響風水	4	1594
319	贈	酬坊州王司馬與閻正字對雪見贈	風水如見資	5	2667
320	酬答	答裴侍御先行至石頭驛以書見招期月滿泛洞庭	風水無定準	5	2745
四六	風雷				
321	贈	述德兼陳情上哥舒大夫	縱橫逸氣走風雷	3	1369
322	贈	贈從孫義興宰銘	操刀振風雷	3	1519
323	詠物	求崔山人百丈崖瀑布圖	晝夜生風雷	7	3545
四七	風濤				
324	樂府	枯魚過河泣	勿恃風濤勢	2	834
325	贈	贈崔侍御	風濤儻相因	3	1359
四八	風電				
326	贈	草創大還贈柳官迪	鸞車速風電	3	1529
四九	風潮				
327	登覽	天台曉望	風潮爭洶湧	6	2952
五十	風煙				
328	閑適	寄遠十一首之四	風煙接鄰里	7	3653
五一	風雪				
329	閨情	代贈遠	走馬輕風雪	7	3677
五二	風線				
330	集外	對雨	風線重難牽	8	4432